終焉ノ花嫁
Keishi Ayasato
綾里けいし
イラスト／村カルキ
murakaruki
JN172799

「二度と、あのような地獄を経験してなるものか
——ならば、私の目など安いものだ！」
「時が来た——我が妻よ。
『私』を
大馬鹿ですね！」
十日後に
来るぞ！」
「私は『世界を終わらせるため』に造られたのです」
する」
ここは寒い。
ここは寂し
ずっと、一人だ」

終焉ノ花嫁

綾里けいし

MF文庫J

終焉ノ花嫁——目次

口絵・本文イラスト：村カルキ

プロローグ

カグロ・コウは瞼を開く。

まず、紅い血が紫の瞳に流れ込んだ。

彼の肺は破裂し、頭蓋は割れている。腹部は裂け、臓器が剥き出しになっていた。足も折れ曲がっている。コウの体にはまともに残されている箇所の方が少ない。ソレも当然だ。

数秒前まで、彼は『完璧に死んでいた』。

しかし、コウは蘇生を遂げる。傷口は回復を始めた。だが、それに、彼は気がつかない。

黒髪の先から、ぽたりと血が垂れた。その間も、コウは呆然と目の前の光景を眺めている。

周囲では、彼の知識では判別不可能な機械群が、大量の植物に侵されていた。

元々、この場所は、鳥籠に似たドームだったらしい。黒い未知の金属枠と強化ガラスで造られた、装飾性の高い建物だ。その中央には、奇跡的にガラスケースが保全されていた。

棺に似たソレの中から、一人の少女が身を起こしている。彼女の唇は紅く濡れていた。

カグロ・コウが『落下時』にぶちまけた血のせいだ。

ゆっくりと、少女はそれを嚥下する。

バッと、彼女の背に翼が開いた。白い肌に似つかわしくない、異様な機械翼だ。少女の肉体を突き破り、ソレは一帯に広がる。蒼い光が奔った。耳障りな稼働音が鳴る。凶悪な金属部品が輝いた。だが、瞬時に翼は畳まれる。嘘のように、少女の体に全てが戻された。

そっと、彼女は瞬きをする。少女はコウの方を見た。

蒼い目は、空のようだ。白銀の髪は雪のようだった。

手足はしなやかだ。細くも鍛えられた全身は、鋼の剣を思わせる。

美しい少女は手を伸ばした。無意識的に応え、コウも腕を動かす。瞬間、彼の全身には激痛が走った。それでも強引に、コウは手を持ち上げる。だが、少女には遠い。

その様を見て、少女は瞬きをした。己の体に繋がれたケーブルを、彼女は切断する。少女は歩き始めた。彼の前に着くと、彼女はコウの掌を取った。再度、少女は機械翼を開く。周囲の植物が切り払われた。大量の花弁が散る。銀に近い白の花達が、宙を舞い踊った。全てが一瞬空中で静止し、ドッと地に降り落ちる。

どこか祝福めいた光景の中、彼女は片膝をついた。

そうして、少女はコウの指に口づけた。

「これより、私の主は貴方となり、私の翼は貴方のものとなる。初めまして、愛しき人よ。そして待っていました、恋しき人よ――我が名は『白姫』。通称【カーテン・コール】」

物語の中の騎士のように、

御伽噺の中の姫のように、

目覚めた、少女は誓う。

「これより先、貴方が損なわれ、潰え、失われようとも、私は永遠に貴方と共にあります」

この瞬間、彼は『世界の終わり』と結婚した。

遠い、遠い、――本当に遠い、昔の話である。

終焉ノ花嫁

1. いつか見た夢

夢を見ていた気がした。

遠い、遠い、昔の記憶の夢だ。

それこそ、両親が殺された時よりも遥か昔。

人間には、ありえるはずのない記憶だった。


「コウ――――起きてる？」

カグロ・コウは瞼を開く。

滲む視界に、人の顔が映った。

同時に、一筋の涙が、コウの頬を流れ落ちた。

「――………あれ、おかしいな」

首を傾げ、彼は己の目元に手を伸ばした。普段、コウは泣かない。それこそ記憶にある限り、どんな悲しいことがあろうとも涙を流した覚えがなかった。だが、今は止まらない。

理由のない涙に、コウは困惑した。そこで、幼さの残る少女が、彼の前で首を傾げた。

「あれ？　コウ、泣いているの？　なんで？」

「わからない……何か、悪い夢でも見たのかな？」

「珍しいね、コウが泣くなんて。一体、どんな夢だろう」

不思議そうに、少女は言う。短い茶色の髪によく似合う、大きな栗色の瞳が瞬いた。

彼女の全身を、コウは視界に映した。

朱色を基調とした制服姿で、少女は教科書と複数の研究書を胸に抱えている。

彼女のことを、コウは思い出した。

『同級生』のユウキ・アサギリだ。また、彼は重要かつ当然の事実を反芻する。

（カグロ・コウは全寮制の魔導学園――『黄昏院』に暮らす一生徒だ）

入学式の日に、彼はふと思いを馳せた。

『ある理由』により、『黄昏院』への入学は、愉快なこととは称し難い。新入生の多くは緊張に震え、泣いていた。規則正しく並んだ者達は、全員が絶望し、混乱のただ中にいた。

独り、コウだけは何とも思ってはいなかった。

厳格で華々しさに欠ける式典を終えると、彼は学舎へ向かった。

広大な敷地には、専門科ごとの寮や学舎が点在している。また雄々しい鳥のごとく、中央本部が東西に翼を広げていた。その威容にも、多くの生徒が気圧されているようだった。

だが、特に動揺もなく、コウは足を運んだ。そこで、彼は不意に声をかけられた。

『貴方は、怖くないんですね。羨ましい』、と。

コウは振り返った。直ぐ傍には、小柄な少女が立っていた。

目に見えて、彼女は怯えていた。そのため、コウは応えた。

『うん、怖くはない。怖くはないから、君の助けになるのならば一緒に行こうか』、と。

コウは少女に手を差し伸ばした。瞬きをしながらも、彼の掌を取り、彼女は言った。

『優しいんですね』

『助けになるのなら、いいなと思っただけだよ。優しいとは、違うと思う』

コウが応えると、少女は微笑んだ。そして、彼女は名乗った。

『私はアサギリです。ユウキ・アサギリ』

以来、アサギリとコウは、仲が良かった。

それらを全て『確認』し、コウは尋ねる。

「アサギリ、俺は……眠っていたのかな？」

アサギリは目を丸くした。それから柔らかく、彼女は口元に微笑みを浮かべた。

「もう、コウはぼうっとしているね。さっき、自分で、『悪い夢でも見たのかな』って言ったでしょ？　それに、寝ていたかどうかなんて、自分でわかんない？」

「そうとも限らない、と思う。現に俺にはよくわからないよ……うん、我ながら間抜けだ」

コウは首を横に捻った。奇妙な夢の名残りが、眼球に張りついているように感じられる。目を擦り、彼は辺りを見回した。広い一室だ。四方の窓は、黒のカーテンで閉じられている。緋色の敷物の上には、中央に向けて椅子が並べられていた。

円形の巨大な階段状の講堂内に、コウはいる。

丁度、一年生全員に課されている【基本授業】が終了したところだ。多くの学生が既に席を立っている。思い思いに、彼らは移動を始めていた。コウ達の属する魔導研究科の生徒もいれば、戦闘科、防衛科、治療科、建築科等――、他科に属する者達の姿も見える。

この『ある目的に特化した』学園内でも、勉学は必須とされていた。

ふと、コウは視線を落とした。ノートには歪んだ字が残されている。

――歴史とは二つに大別可能である。

――【キヘイ】出現前か、出現後か。

「これ、聞かされすぎて飽きたよね？　私、もう嫌になっちゃったな」

「確かに、暗記したことを何度も聞かされるのは面白いことではない、かな」

溜息混じりに、アサギリが言った。コウは同意を示す。アサギリは大きく頷いた。

「だよね。コウでも嫌になるんなら、相当だよ」

「嫌になってはいない、かな。まだ」

「もー、コウはのんびりしすぎ」

アサギリは小さく舌を出した。続けて、彼女は細い指で紙面に触れた。【基本授業】の内容を記した文は物騒だ。だが、何故か、アサギリは微笑みながらコウの癖字をなぞった。

首を傾げつつも、コウは視線を前に投げる。

講堂の中央には、魔導結晶で造られた巨大なパネルが浮遊していた。

分厚い結晶内部には、先程授業で使われた立体映像が結ばれている。

おぞましい異形が形作られていた。その外観は硬質だ。同時に、生々しい醜悪さもある。

ソレの形状は有機的で、無機的だ。蟲にも、獣にも見える。そして、両者共に似ていない。

機械と獣の融合体めいた、異様な存在だった。

コウは目を細める。ソレが何かを、彼は確認した。

（――【キヘイ】の【乙型】）

【キヘイ】は鬼兵だ。機兵とも書く。表記はどちらでも構わない。

彼らは、ただ人を襲う。喰らうこともせず、殺し続ける存在だ。

簡潔に言えば、人類の敵。

【キヘイ】に関する講義内容を、コウは反芻する。

（【浸食期前】――、帝国歴BE二十五年）

突如出現した【キヘイ】は、帝国を襲撃。人類を混乱に陥れた。当時の死者は民衆の六割に上ったという。無数の【キヘイ】に、帝国は領土を侵された。国交は断絶、帝国は孤立した。以来、永きに亘る孤軍奮闘を強いられている。

（全てが遠い昔の話、だ）

現在では、かつて存在したという『他国』は忘れられて久しい。帝国は独自の魔導技術を発展させることで堅固な防衛設備を備えた。そして今日に至る仮初の平和を築きあげた。

この学園も、その施策の一つだ。

学び舎に集う、大量の生徒達。

カグロ・コウも含めた全員は【学徒】だった。

彼らは生徒であり、兵士だ。学ぶ者でありながら、国のための徒である。

【学徒】達は、【キヘイ】と戦うために存在していた。

（――しかし、）


そこで、コウは意識の焦点を現実に戻した。

講堂には磨きあげられた木製の椅子がずらりと並んでいる。天井には炎（ほのお）の魔術が、複雑に組み合わされた銀の籠の中で揺れていた。隣では、アサギリが研究書を胸に抱えている。

一見して、学園の日常におぞましい戦闘の気配はない。

このまま、現状に対する思案に耽（ふけ）っていても仕方がないだろう。

「さて、と……俺も移動しようかな」

教科書を、コウは徐（おもむろ）に革鞄（かばん）に詰めた。片手に下げ、彼は立ち上がる。それじゃあと、コウは歩き出した。慌てた様子で、アサギリは隣に並んだ。彼女は弾んだ声をあげる。

「あのね、友達に聞いたんだけど、広場で次回の式典用の練習が見られるって！　コウも研究科の学舎に行くんでしょ？　それなら一緒に寄り道していかないかな？　どうかな？」

「あぁ、そうなのか……なら、急ごうか。なるべく、初めの方から見たいだろ？」

式典の練習に、コウは特段興味はない。だが、アサギリは見たいようだ。

ならば、付き合うべきだろう。そう、コウは判断し、歩調を速めた。

小さく拳を固め、アサギリはよしっと頷（うなず）く。首を傾（かし）げた後、コウも頷き返した。

よくわからないが、元気なのはいいことだ。

アサギリは時に言動が幼い。何となく、コウは彼女のことを常日頃から気にかけていた。

何故（なぜ）だろうか。時に幼く振舞う、誰かを――昔から、コウは知っていたように思うのだ。

（それが一体誰なのかは、はっきりしないままだけれども）

不思議な空虚さを、コウは覚えた。強烈な『寂しさ』にも似た『隙間』が、彼の胸の内にはできている。だが、首を横に振り、コウは歩き続けた。

今は、それを埋める術はない。

緋色の敷物を踏み、二人は進んだ。だが、途中で座ったままの生徒を見つけた。

魔導結晶に映し出された敵の姿を、彼は睨みつけている。

その背中に、コウは近づいた。止めておきなよと、アサギリは囁く。だが、その同級生の姿は放っておき難い気迫を纏っていた。彼の肩に、コウは手を置く。

なるべく落ち着いた口調で、コウは話しかけた。

「イスミ、研究科への移動時間だ。あまり、思い悩まない方が……」

「うっるせぇよ！　貴様にはどうせわからねぇだろうが、【白面】が！」

学園特有の悪口を返された。無意味に、コウは払われた手を空中で泳がせる。

この学園内で、仮面は特別な位置づけにあった。式典の度、人は狐や猫などの面を被る。帝都の祭りの模倣だ。では、【白面】とは何か——ソレは、加工前の仮面の素体を指した。

一切の彩色や細工を施されていない、つるりとした面。

ただ、白いだけの面——【白面】。

ソレは動物でも人でもない、『得体の知れないモノ』を表すとされている。

つまり、イスミは『お前は表情も感情もない、得体の知れない奴だ』と言ったのだ。

ふむと、コウは頷く。確かに一理あった。コウは人より感情の起伏が少ない。アサギリ風に言えば、『ぼうっとしている』し、イスミ風に言えば、『得体が知れない』だろう。イスミの方が多数派だ。だが、アサギリは怒った。

尾を踏まれた猫のごとく、彼女は声をあげる。

「ひどいよ、イスミ。コウに当たることないじゃない！　そんなに【キヘイ】が憎いのなら、研究科じゃなくって、戦闘科を選べばよかったでしょ！」

「同じ選択をした奴に言われたくねぇよ、アサギリ。コウが【白面】なのは、皆が言ってることだろうがっ！　珍しい幸運野郎が――どうせ、【キヘイ】への怒りや憎しみに理解を示せるわけでもねぇのに、いちいちお節介を焼きやがって」

「なんなの、いつも感じ悪い！　百歩譲って、コウが『共存派』ならわかるよ。『【キヘイ】と和解しろ』とか無茶苦茶不快だもんね。でも、コウはその一味でもないのに、なんで」

「確かに、コイツは『共存派』のイカレ野郎じゃねぇな……それでも、【キヘイ】に家族を誰も殺されてないだろうが！　俺達とは根本的に違う、能天気野郎にいちいち口を……」

「まぁ、俺の親も死んでるんだけどな」

へらりと、コウは事実を告げた。見事に場の空気は凍りつく。自分は話題に沿った発言をしたはずだがと、コウは微かに首を傾げた。やや気まずいと、彼は目を左右に泳がせる。

三人は孤児だ。この学園に収容されている子供は、七割がそうだろう。

その内、九割が家族を【キヘイ】に殺されていた。だが、コウは別だ。

彼の両親は、人間の手で命を絶たれている。

事件の影響か、コウの幼少時の記憶は、綺麗に抜け落ちていた。思い出そうとする度、彼は激しい頭痛に襲われた。忌まわしい出来事のせいで、自身の無意識が記憶を辿ることを拒絶しているのだろう。そう考え、コウは両親との思い出を取り戻すことを諦めた。

事件の詳細も、誰からも聞かされてはいない。だが、強盗の仕業だったという話だ。

頼れる親戚もなく、コウは此処にいた。

帝都の孤児は衣食住を保証されている。代わりに、全員が学園に送られ、学徒として戦うこと、あるいはこの場の維持に努めることを強制されていた。だが、卒業年数までを生き抜いた暁には、帝都前の隔離防衛地区にて家を持つ者も多い。その子供は学園に送られる決まりだ。それでも、多くの学徒は隔離防衛地区の市民権を得ることを目標としていた。

また、【キヘイ】への復讐心を初めとした様々な理由で学園に残る者も多い。

彼らの家族も含め、この場は小国めいた様相を呈していた。

基本、学園内の光景は平和に目に映る。

だが、一定の命の危険に晒されているのは皆同じだ。

（だからこそ、入学の日、多くの学徒が緊張に震えていた。中には泣いている者も多く見られた。平然としていたのは、自分くらいのものだったか……今では、皆、慣れて余裕が窺える。それでも、イスミにはまだ危ういところがあるな……何とか力になりたいけれども）

コウはそう考える。一方、イスミは何故か動揺していた。小声で、彼は『悪い』と呟く。何がと問い返す暇もない。鞄を乱暴に掴み、イスミは駆け出した。アサギリは肩を落とす。

「あーあ、根は悪い奴じゃないんだけどな」

「そうだな、イスミは悪い奴じゃない……行こうか？」

「うん」

講堂の中を、二人は進む。

外から、管弦楽部隊の華麗な演奏が聞こえてきた。

＊＊＊

広場には、煉瓦で複雑な模様が描かれている。今はその上に、魔術の輝きが新たな柄を重ねていた。金や銀の光を踏み、志願者で造られる管弦楽部隊は一糸乱れぬ動きを見せる。行進には、魔術が駆使されていた。音に合わせて、花弁や精霊が華やかに宙を舞い踊る。周囲では、多くの生徒が歓声をあげていた。

コウは見慣れた姿に気がついた。研究科の女子が、集団で鑑賞をしている。中の一人が、振り向いた。括られた金髪が靡く。アサギリの友人の少女だ。

二人を見て、彼女はにぃっと笑った。集団を抜け出すと、少女はアサギリの前に来た。

「よかったじゃん、アサギリ！　正直、趣味はどうかと思うんだけどさぁ……コウを誘えたねぇ。さては、私の助言がいい風に働きましたかぁ」

「いいから、ほら！　行進に集中しなよ、凄いよっ！」

真っ赤になり、アサギリは友人の背中を押した。進みながら、彼女は声を張りあげる。

「コウ、ちょっと行くから、待っててね！」

「あぁ、アサギリが戻るまでちゃんと待つよ……仲がいいなぁ」

ほのぼのと、コウは微笑ましく、二人を見送った。その時だ。

彼女達の向こう——遠くに建つ妙に有機的な壁が視界に入った。

不吉な外観に、コウは思わず目を細める。

ソレの構造は、多種多様な獣が複雑に絡み合う様を連想させた。

無数の機械翼、機械脚による、自動迎撃装置を備えた、高度な魔導壁だ。

【浸食期】より遥か昔——先史時代に造られた遺物の一つだと聞いている。

これに学園は囲まれていた。帝都には同等以上の魔導壁が聳えていると聞く。だが、全土を護るには及ばなかった。特に、単なる城壁の外周沿いにある、貧民街の防衛は脆弱だ。

帝都を一時出奔し、遺跡で稼ぐ者も多い。家族を失う子は後を絶たなかった。

【キヘイ】の不意打ちに遭う心配がない分、兵役があるとはいえ、学園は安全とも言える。

（——ある『例外』を除いて、だけどな）

そう考えながら、コウは壁から視線を移動させた。

カフェで寛ぐ学徒もいれば、本屋や武器屋——学徒は武装の質を自ら高めることが許されている——に寄る者もいる。精霊による合成食糧で造られたケーキを切り取り、女生徒達は話に花を咲かせていた。全員分の食糧を自然物で賄う余裕は、学園にもない。この場で暮らす者達は、合成食糧以外の味を知らなかった。だが、校内の生活水準は低くはない。管弦楽部隊の伸びやかな演奏も、その証の一つだ。

金管楽器が、高らかに宙に向けられる。

一斉に、魔術による花弁が沸きあがった。金色の渦が起こり、空中で弾けて消える。拍手が起こった。その上で、桃色や水色の花弁が乱舞し、風に溶けていく。

一時静まり、観客は次の演奏を待った。その時だ。アサギリが戻ってきた。友人と何を言い合ってきたのか、彼女は息を荒らげている。

「お待たせ。ほ、ほら、コウ。行こうか！」

「まだあるけれども、続きはいいのか？　せっかくだ。アサギリは友達と合流しても」

「いいの！　コウと行くの！　行くったら行くからね！」

「そうか？　うん、それなら一緒に行こうか」

行進を横目に、コウ達は研究科に向かった。

学徒の校舎と寮は、専門ごとに分けられている。

コウ達の属する研究科は、外観を落ち着いた紺で彩られていた。夜が朝に変わる、一瞬の空の色だ。施設の質は、優遇されている戦闘科、治療科、探索科には遠く及ばない。ベッドの硬さと、定期的に止まる水道の改善については、全所属生が嘆願書を出していた。

一方で、戦闘科の設備は完璧だと聞く。中でも、第一級者のみが立ち入りを許されている、中央本部は特別との話だ。そこには、唯一帝都への転移装置があり、各種魔導の粋を集めた設備が備えられているという。造り自体も、外観からして城のように煌びやかだ。

だが、第一級の学徒は、最強の教師である【カグラ】の直属部隊の者に限られるとも聞く。

そこに入ろうというのは高望みだ。研究科の生活にも、コウには特別不満はなかった。

「ベッドも、そんなに硬くはないと思うんだけどな」

「うん、コウ、何？　研究科のベッドならすっごい硬いよ？」

「そうか？　俺が慣れすぎただけかな？」

「そう！　絶対にそう！　あー、早く、特許資格を持ちたいな。研究にたくさん貢献できれば、貯金もできるし、ベッドだって買い換えられるし、何より……」

「アサギリは幻獣を飼いたいんだっけ？」

「それ！　幻獣と遺跡の鉱物について、研究をしたいんだよね」

元気に、アサギリは応えた。各々の専門課程、戦闘訓練を修了——一定の資格を所有の上、研究、戦闘任務に従事する学徒には、働きに応じた給金も支給される。

以前から、アサギリは幻獣を購入、飼育することを楽しみにしていた。

基本、所属科の選択も自由だ。一見して学園はやはり平和の中にある。

だが、カグロ・コウは知っていた。

（戦闘科に望んで所属する学徒は、【キヘイ】へ強い復讐心を持つ者がほとんどだ）

あるいは、金銭を必要としているか。隔離防衛地区への優先居住権を得たいか。そして、学徒と正規兵を八対二の割合で混ぜた軍は、定期的な戦闘を経て、四割が戦死を遂げる。

（また、『例外』が生じた際には――――、）

コウの紫の目に憂いを感じ取ったらしい。

小さな体で、アサギリは隣で飛び跳ねた。

「あのね、私達にも研究用の採集とかあるよね」

「あぁ、そうだな。そろそろ慣れてきたし、皆、いい感じに纏まってきた」

安心させるように、コウは返した。ホッと、アサギリは肩から力を抜く。だが、彼女はどこか儚げな微笑みを浮かべた。己の手の指を組み合わせ、アサギリは強張った声で言う。

「私はね、せめて【キヘイ】との戦いを後方支援したいから、【研究科】を選んだよ。それに後悔はないけど……滅多なことがありませんようにって、いつもお祈りしてるんだ。勿論、私だけじゃなくってコウにもだよ？　どうか危ないことがありませんように、って」

「ありがとう、アサギリ……でも、危ないことって？」

「例えばだよ？　【甲型】、ましてや【特殊型】に遭遇しての全滅、と、か――……」

そこで、カグロ・コウの視界はぐにゃりと歪んだ。

ブツンと、目の前が黒く染まる。

全ての風景が入れ替わっていく。

まるで、読み飽きた本のページを、早急に捲るかのような変化だった。

＊＊＊

『コウ――起きてる？』

カグロ・コウは瞼を開く。

アサギリの呼びかけが、耳の奥で反響した。

視界は、一面の緑に包まれている。

彼の前には、純度の高い魔導結晶で造られた『窓』が広がっていた。

蔓性の植物が、その向こう側で揺れている。だが、魔導甲冑に覆われた全身が、空気の流れを感じることはない。息苦しさを覚え、コウは瞼を擦ろうとした。だが、甲冑を装着した状態では、腕は顔に直接届かないことに気がつく。諦めて、彼は首を横に振った。

「いや、寝てはいないよ……多分、本当に」

自分で口にして、コウは思わず眉根を寄せた。確かに、寝てはいなかったはずだ。『外』で眠るなど自殺行為でしかない。それに、『探索中』に居眠りなどできるはずもなかった。

（そうだ、俺は今、学園内にはいない）

漸く、コウはその事実に気がついた。

現在、彼らは研究用の採集のため『外』に出ている。体を覆う魔導甲冑と緑に溢れた光景がその証拠だ。眠れるはずもない。だが、奇妙な意識の断絶があったことは確かだった。

なんだか、とても長い夢を見ていたような気がした。

長い、長い、懐かしい夢を。

『本当かなぁ。起きてた、にしては返事が随分と遅かったけど？』

『どうせ、うたた寝でもしてたんだろ。【白面】には恐怖もなんにもないだろうしな』

『イスミ、いい加減にしなよっ！』

『こらこら、喧嘩はやめろ。疑っても仕方がないだろう？　外で眠ることができたってんなら大物だ……ただ、起きてたにしろ、呆けるのは止めてくれよ？　早く済ませて帰るぞ──下手を打てば、死ぬことだってあるんだ……まぁ、滅多なことはないと思うけどな』

「了解しました。申し訳ありません」

アサギリとイスミに続く、先輩の言葉に、コウは端的に応じた。

結晶を介しての通信魔術は、雑音や甲冑の駆動音、振動を排除して耳に届く。

『音』だけに注目すれば、今も平穏な教室で会話を交わしているような錯覚に陥った。だが、実際はそうではない。この場は死地だと、全員が知っている。

同時に、『そんなことはない』とも、実は理解していた。

コウ達は先史時代の遺跡の中を歩いている。

此処は、魔導技術開発の発端となった場だ。また謎に包まれた、全ての元凶でもある。

【浸食期前】から、遺跡は帝国領土内に点在していた。

帝国民は遺跡より様々な品を持ち帰り、研究、魔導技術を発展させていった。だが、ある日、全ての遺跡から大量の【キヘイ】が湧き出したのだ。
【キヘイ】は人を襲い、目的なく殺戮(さつりく)を続けた。
以降、永きに亘(わた)る、戦いの歴史は幕を開けた。
遺跡の全貌は未(いま)だに解明されていない。【キヘイ】の全頭数も不明のままだ。だが、幾つかの遺跡に関しては、【探索科】が安全なルートの開発を集中的に試みていた。【培養巣】も含め、生息【キヘイ】の排除が完全に叶(かな)った区域は、【掃討完了地区】と呼ばれている。コウ達がいるのは、そこだった。

　先刻現れたという【キヘイ】は、戦闘科が殺害済みだ。【掃討完了地区】に、連続して新規の【キヘイ】が現れる事態はほぼ起こりえない。

　故に、この場には多忙な戦闘科は連れず、魔導研究科の生徒達だけで訪れていた。

『それじゃあ、行くぞ。ちゃんと遅れずに、ついて来いよ』

「了解です。何があっても、足は止めません」

『何もない方がいいんだけどな』

　通信に、コウは応えた。先輩の明るい声が返る。

　コウは視線を前方に向けた。間近には、未だに材質不明な建築物の残骸が広がっている。そこに植物達がたくましく根を張り、平穏な光景を造りあげていた。時折、小動物の姿も目に入る。先に視線を向ければ、仲間達の列を成して歩く姿が見えた。

　全員が艶消しの黒で彩られた、魔導甲冑を身に纏(まと)っている。

その様は、切り取られた夜のようだ。迷彩効果を考えれば、間抜けな姿と言えよう。だが、魔導甲冑の性質上、色変えは不可能だ。まるで全身鎧を着こんだような姿は、御伽噺の黒騎士にも見える。甲冑という名称は、あながち的外れでもないだろう。

魔導甲冑は、研究科のあげた最も偉大な成果の一つだ。

一般の学徒は、【キヘイ】と生身で戦うことは敵わない。

最先端の研究成果によって造られた魔導甲冑を身に着けることで、漸く渡り合うことが可能となる。だが、魔導甲冑の原理は、実は研究科内でも、大半が『不明』とされていた。

魔導甲冑には、【キヘイ】の生体部品が利用されている。

『こう使えば、こう動く』との過去の研究成果に基づく代物に過ぎない。決して【キヘイ】自体の解明が叶っているわけではなかった。更に、重要な点もある。

（魔導甲冑で戦える相手は、【キヘイ】の【乙型】のみだ）

より戦闘力に長けた【甲型】、【特殊型】に遭遇すれば死しか道はない。だが、【乙型】程度の【キヘイ】であれば一般生徒でも対応可、多少戦闘慣れした者ならば殲滅すら叶った。甲冑の基本部品は、【キヘイ】の【培養巣】を採取することで複製が叶っている。だが、絶え間ない発展のためには、新規の【キヘイ】の遺骸を得なければならなかった。

敵と戦うために、その存在を必要とする。

大した矛盾だ。

しかし、素材なくして研究は進まない。

故に、魔導研究科のコウ達は、自ら【乙型】の死骸採集に訪れたのだ。

『見えたぞ――――アレだ』

三年の先輩の声が響いた。紫の目を、コウは細める。

急に、視界が開けた。円形の広間に出たのだ。過去に存在したであろう、屋根は吹き飛ばされている。場には、柱しか残されていない。大地には、丈の短い草が生え揃っていた。

その中央に、ソレはあった。

異形の物体に、コウは注目する。

よく見慣れた、同時に、何度目にしても違和感を覚える存在が落ちていた。

ソレは妙に有機的で無機的な形状――蟲にも獣にも似た外観をしている。特に、今回のモノは蜘蛛に似ていた。八本の脚にも、紅いグラス・アイにも再稼働の傾向は見られない。

落ち着いて、コウは先行の探索部隊から得た情報を確認した。

（――――【キヘイ】の【乙型】）

カグロ・コウ達、『学徒』の敵の一体。

今から、彼らはコレを解体していくのだ。

＊＊＊

無駄のない動きで、先輩達は作業に取り掛かった。

慣れた様子で、彼らは【キヘイ】の解体を進めていく。

炎の魔術により、極度に高温化させた刃と甲冑の握力で、先輩達は各関節を切断した。

そうして、【キヘイ】を運搬可能な大きさにまでバラしていく。

コウ達が手伝うまでもなかった。数十分程度で、全工程は終了する。

列を成して、後輩達は【キヘイ】の欠片を受け取り始めた。コウの番が来ると、代表の先輩は特に大きな部品を持ち上げた。どうやら、彼もコウ達のやり取りを聞いてたらしい。

『お前はボーッとしていたみたいだから、コイツな』

「まぁ、いいですけど。やや理不尽さは覚えますね」

ぼやきつつ、コウは腕を前に出した。巨大な爪を載せられる。甲冑越しにも、ズシリと衝撃が伝わった。五年生の先輩は、軽く笑ったようだ。周囲を見回して、彼は合図を出す。

『よーし、全員持ったな。それじゃあ、嬉し楽しい帰還に入――』

瞬間、先輩の首は飛んだ。

魔導甲冑に包まれたまま、頭部が切断される。

ソレは綺麗な弧を描き、大地に転がった。

数秒後、血が間抜けに空へと噴き出した。

ぐるりと回って、先輩の体は倒れる。

数秒の沈黙があった。遅れて、爆発的に悲鳴があがる。次々と暴力的な声の渦が生じた。

『お、おい、何が、何が起きたんだ？』

『先、輩？　なに、嘘でしょ……誰か応えて、応えてよ！』

一時、コウは通信を切った。

（自分まで、混乱に巻き込まれてはならない）

【白面】と称される己こそが、冷静な判断を下すべきだ。そう、彼は必死に自分を保った。

確かに目撃したモノを、コウは脳内で確認する。

先程、柱の陰で透明な膜が閃いた。ソレは花弁より柔らかく、刃よりも鋭い。ひらひらとした様は、ヴェールのようだった。それを全身に纏い、人に似たモノはずるりと歩いた。

否定したい心を、コウは必死に殺した。現実から逃げても、意味はない。

一つ息を吐き、彼は通信を再開した。


「――確認しました。【特殊型】です」


同時に、コウは理解した。彼らは『滅多にない不運』を踏んだのだ。効率を優先した際、人は唐突に死に微笑まれることがある。それは先人が何度も遭遇してきた事態でもあった。

そのため、答えは既に出ている。

【特殊型】相手には、一般学徒が百名いようとも敵わない。

隊は全滅するだろう。

生きて帰れる者など、このままでは誰も存在しなかった。

＊＊＊

虚《むな》しく刃が振られた。砲撃が放たれる。

魔導甲冑《かっちゅう》の肩口に取りつけられた砲台は、使用者の魔術に指向性を与える。雷の魔術が的確な狙いで撃ち出された。一瞬、【特殊型】は硬直する。だが、足止めにすらならない。

数体の魔導甲冑が、中の人間ごとすらりと膜に撫《な》でられた。

優しく、肌に触れるような動きだ。

瞬間、甲冑は横にズレた。大量の血が噴き出す。

草木が紅《あか》く染められた。人の悲鳴が地を満たす。

此処《ここ》にいたのが、戦闘科の学徒ならば、適切な対応も可能だろう。だが、結果自体は似たようなものだ。そう、コウは知っていた。十数名の手練《てだ》れが戦略を立て、多数の死者を出し、一体を潰すことが叶《かな》うか否かだろう。やはり、同様に全滅に至る可能性の方が高い。

【特殊型】——中でも、戦闘に長《た》けたモノ。ソレと遭遇し、生き残れる者など極少数だ。

同時に、コウはある噂《うわさ》を思い出した。

学園の教師内でも、最強と名高い【カグラ】。及び、その精鋭部隊——彼らならば、駆除も叶うだろうか。だが、その救援を望んだところで、今は届きようがない。

『早く、はやくっ、救難信号を、がっ！』

『嘘でしょ、いやだ、嫌だ、いやだよぉおおおおおおおおおおおおおっげぇ、ごぁっ』

悲痛な絶命の声が、生々しく耳に届く。後には、圧倒的な静寂が穴のように広がった。

死は連続していく。混乱は止まらない。

このままでは、全員が殺されることになるだろう。

先輩達も指針にはならない状況だ。多くの悲鳴の中、コウはある声を聴き取った。

『嫌だ……嫌だ……嫌だよ。こんなところで、まだ何もしてないのに死にたくないよ』

『くそ、くそくそくそくそくそぉっ！　俺は、俺はぁっ！』

アサギリとイスミの嘆きが、耳を叩く。

コウは強く思った。目の前で、人に死なれるのは嫌なことだ。それはあまりに重すぎる。

自身の無力さを味わうことは、『最早』耐え難かった。

血、骨、肉片、死体、炎、涙。

とても悲しそうな、誰かの姿。

目の前に何か――様々な光景が、フラッシュバックした。

数秒、コウは考えた。あらゆる選択肢を、彼は模索する。

意外と――自分でも驚くほどすんなりと、結論は出た。

すぅっと、コウは息を吸い込む。

そして、彼は己の運命を断った。

「俺が囮になります！　各員、三秒後に全力で逃走を！」

『コウ？　駄目だよ、なんで！』

『ふっざけんなよ、テメェ！　俺はお前にそんなこと望んでなっ』

「イスミ、お前がアサギリを連れて行ってくれ。よろしく頼む！」

自身の音量を最大に設定し、コウは叫んだ。次いで、彼は通信を切断する。

一瞬、アサギリとイスミが何かを言った気がした。だが、それも、コウは聞かなかった。

二人の言葉も、他の形式だけの制止も、本気の嘆きも耳にするつもりはない。

学徒の中には、【キヘイ】へ殺意と憎悪を抱いている者も多くいた。彼らは理不尽への咆哮をあげるだろう。だが、追従者はいないと、コウは確信していた。

研究科の生徒は基本臆病だ。生き残りたくない者はいないだろう。コウには人望もない。

心配なのは、アサギリだ。だが、イスミは託された言葉を裏切るような人間ではなかった。

覚悟を決めて、コウは【特殊型】と向き合う。

丁度、【特殊型】は『遊んでいた』。

ひらひらした膜を、ソレは器用に動かしている。魔導甲冑の首を投げ、受け止め、投げ、【特殊型】は不意に四つに切断した。黒い兜が割れ、中身が飛び散る。脳漿の雨が降った。

その足元の膜に、コウは刃を拳で打ち込んだ。

一瞬、【特殊型】は動きを止める。

抜かれる前に、コウは砲撃の射線を合わせた。刃に、彼は雷の魔術を奔らせる。

電撃が通り、【特殊型】は一瞬大きく跳ねた。同時に、コウは通信を再開させる。

「――散開ッ！」

蜘蛛(くも)の子を散らすように、魔導甲冑の群れは駆け出した。一瞬、小柄な者がコウに駆け寄ろうとした。だが、ソレは別の一人に無理やり引きずられていく。恐らく、アサギリとイスミだろう。無事、距離が開いた。二人に聞こえない程度の声で、コウは呟(つぶや)く。

「――元気で」

ひらりと、コウは小さく手を振った。

一瞬、式典の花弁と、アサギリの微笑(ほほえ)みが思い浮かんだ。

学内の穏やかな光景が、脳裏を走馬灯のように流れる。だが、コウはそれを振り払った。

後には、【特殊型】とコウのみが残された。【特殊型】は全身の膜を奇妙に震動させている。その全身が濁った白から、錆(さ)びついた赤に変わり始めた。

さてと、コウは息を整える。

（悲惨なのは、ここからだ）

彼にもわかっていた。【特殊型】は怒りを示している。

膜の震動が収まる前に、コウは片手で刃を抜いた。勢いを殺さず、彼は背後に倒れる。軌跡を、膜の一閃(いっせん)が撫(な)でた。草地を削りながら、コウは横に転がる。動きを止めることなく、彼は立ち上がった。同時に【特殊型】の膜に、コウは軽く甲冑の背中を撫でられた。

衝撃が伝わり、彼はゾッとした。だが、体に膜は届いていない。

そのまま、コウは脇目も振らずに駆け出した。皆が逃げた方角とは逆に、彼は奔(はし)る。

遺跡の中へ、コウは入った。

後はただ、逃げるのみだった。

死が、自分に追いつくまで。

＊＊＊

コウは悲壮な逃走を続けた。駆けながら、時折、彼は遺跡の壁に砲撃を放った。

【特殊型】は一見浮遊している。だが、その膜の先は必ず地面に触れていた。瓦礫(がれき)は妨害の役割を果たす。だが、遺跡のほとんどは魔術を拒絶した。

コウに可能なことは、自然崩壊を遂げた穴の拡張か、植物の切断のみだ。やはり、大した足止めにはならない。それでも、彼は必死の抵抗を積み重ねる。

だが、直線通路の半ばで追いつかれた。

すらりと、膜が動いた。コウは甲冑の脚部を切断される。

「────ぁ、ぐっ、」

幸いにも、生身の足が入っていない部分だ。だが、衝撃で足首が折れた。

前のめりに、コウは転倒する。激痛を呑(の)み込(こ)み、彼は周囲の状況を探った。這(は)って逃げることは不可能だ。秒で追いつかれるだろう。咄嗟(とっさ)の判断で、彼は魔導甲冑(かっちゅう)を脱ぎ捨てた。

この段階で、カグロ・コウの死亡は確定したと言える。

強力な外殻を『外』で放棄し、帰還した生徒は前例がない。だが、今は命を繋げた。

「――――ッ！」

格段に細くなった体を、コウは壁の横穴へ捻じ込んだ。

最近、自然崩壊を遂げた箇所のようだ。幸いにも、先へと長く続いている。背後で、空気を薙ぐ音が響いた。【特殊型】の追跡が途切れることを期待し、彼は前へ進む。

辺りには闇しか見えない。芋虫のように、コウは這い続けた。

その時だ。

ふっと、腹の下の感触が消えた。

穴の中に、更に穴が開いていたようだ。何かを掴むこともできずに、コウは落下する。

その落ち方は『異様だった』。

非常に、距離が長い。

途中で、コウは意識を失った。だが、強化ガラスに激突し、覚醒させられた。

全身の骨を折り、内臓を損傷し、彼は血を吐いた。そのまま、コウはガラスの割れ目へと転がり落ちた。空中へ突き出した切っ先に、彼は不運にも引っかかる。

腹部を派手に裂かれながら、コウはガラスで形作られた建物の中へ落下した。

血肉が辺りにぶちまけられる。

一斉に、白い鳥が羽ばたいた。

不思議と静かな空間に、彼の体は収まった。
コウは最期の息をした。
不思議と、怖くはなかった。恐ろしくはなかった。悲しくもなかった。
ただ、自分は何かを為せたのだろうかと思った。

かくして、カグロ・コウは死亡した。

＊＊＊

温かなモノが降った。紅い一滴を、ソレはゆっくりと嚥下する。
再起動開始――ソレは目覚め、ソレは覚醒し、ソレは稼働し、ソレは命を知る。
疑似神経回路がスパーク。今までにない、膨大な情報が奔り、『彼女』は翻弄される。
悦び。
衝動。
本能。
渇望。
歓喜。
祝福。

初めましてありがとうございますお待ちしておりましたようこそ我が、我が、我、が？

我が贄、我が糧、我が主、我が王、我が奴隷、我が喜び、我が運命――我が、花婿。

かくして、ソレは目を覚ます。

少女の形をした、『世界の終わり』が。

＊＊＊

カグロ・コウは瞼を開く。まず、血が紫の瞳に流れ込んだ。

紅く、視界は霞む。

何が起こったのか、彼にはよくわからなかった。

ただ、美しい、【ナニカ】には気がついた。

鳥籠を連想させる空間内に、白く、清い存在が立っている。

蒼い目は空のようだ。白銀の髪は雪のようだった。

手足はしなやかだ。細くも鍛えられた全身は、鋼の剣を思わせる。

呆然と、コウは目の前のモノについて考えた。

(――ひ、と？　女の子、なの、か？)

美しい少女は手を伸ばす。無意識的に応えて、コウも腕を動かした。彼の全身に激痛が走る。だが、手は何とか持ち上げられた。それでも尚、少女には遠い。

彼女は瞬きをした。全身に繋がれたケーブルを千切り、少女は歩き出す。彼の前に着くと、彼女はコウの掌を取った。その背中に、何かが広がる。周囲の植物が、切り払われた。

大量の花弁が散る。銀に近い白の花達が宙を舞い踊った。

一瞬空中で静止し、ソレはドッと地に降り落ちる。

どこか祝福めいた光景の中、彼女は片膝をついた。

そうして、少女はコウの指に口づけた。

「これより、私の主は貴方となり、私の翼は貴方のものとなる。初めまして、愛しき人よ。そして待っていました、恋しき人よ――我が名は『白姫』。通称【カーテン・コール】」

物語の中の騎士のように、

御伽噺の中の姫のように、

目覚めた、少女は誓う。

「これより先、貴方が損なわれ、潰え、失われようとも、私は永遠に貴方と共にあります」

彼女が何を言っているのか、コウには理解できなかった。

ただ不思議と、彼は強い懐かしさを覚えた。

夢のような遠くで、コウにはこの光景を見た記憶があった。

時に幼い誰かと――悲しそうな誰かの――面影と共に、確かに覚えていた。

微かに、コウは目に涙を浮かべた。

少女の翼から蒼い光が降り、損傷を再生させていく。その温かさの中、コウは囁いた。

「俺も、ずっと、この時を待っていた気がするよ」

「ええ、ならば、僥倖。これぞ運命ということでしょう」

少女は微笑んだ。人間離れして美しい顔に、慈しみに溢れた表情が浮かべられる。

母にも似て、姉を思わせた。

何故、少女がそのような目を己に向けるのか、コウにはわからなかった。そもそも、彼は自身の口にした言葉にも困惑している。だが、少女に全ての詳細を問う時間はなかった。

ズシンッと、地響きが鳴った。鳥籠内に、新たな何かが音を立てて落ちたのだ。

ひらりと、ヴェールにも似た膜が視界に入る。

コウは瞠目した。【特殊型】の【キヘイ】だ。まさか、ここまで彼を追ってくるとは思わない。コウはゾッとした。今襲われれば自分だけではなく、少女をも巻き込んでしまう。

コウの視線を追って、少女は後ろを振り向いた。【特殊型】を、彼女は目に映す。

傷ついた体を、コウは必死に動かそうと試みた。だが、腕以外は石のように反応しない。

少女に向けて、コウは叫んだ。

「危ない！　早く、逃げてくれ！」

「名前は？」

「はっ、何を」

「貴方の名前を、聞かせてもらいたい」

コウの呼びかけに、少女は応じなかった。再度、彼女はコウを見つめる。じっと、少女は彼の返事を待った。その背に【特殊型】が迫る。錆びた赤に、ソレは明滅を繰り返した。

答えを得るまで、少女は動き出しそうにない。慌てて、コウは叫んだ。

「カグロ・コウだ。早く、」

「カグロ・コウ――登録を完了。コウ、アレは、貴方を傷つけたものだろうか？」

少女は腕を伸ばした。振り向きもせず、彼女は【特殊型】を指差す。

白い背中に、広がったモノが揺れた。そこで、コウは漸く禍々しい機械翼に気がついた。

一体、ソレは何なのか。だが、やはり疑問に思う時間はない。【特殊型】は迫りつつある。

故に、コウはただ続けた。

「あぁ、そうだ！　だから、君も早く」

「了解した。ならば、私の敵だ」

ヒュッと機械翼が振られた。

嘘のように、【特殊型】は縦に切断される。柔らかな外観とは真逆に、その内部構造は重厚だ。無数の生体部品が晒される。更に、【特殊型】は横半分に割られた。

玩具を壊すよりも、簡単な動きだった。

機械翼で、少女は残骸を掬う。塵のごとく、彼女はソレを壁に投げつけた。

強化ガラスに激突し、【特殊型】はバラバラに散らばる。

目の前の光景を、コウは信じられないと見つめた。

ゆっくりと、少女は美しく微笑んだ。

そうして、彼女は囁（ささや）く。

「拘束を、隷属を、信頼を、貴方に――――約束しよう、コウ。貴方のために全てを殺すと」

何がなんだか、わからなかった。

カグロ・コウは一時意識を消失した。

2.【百鬼夜行】の歓迎

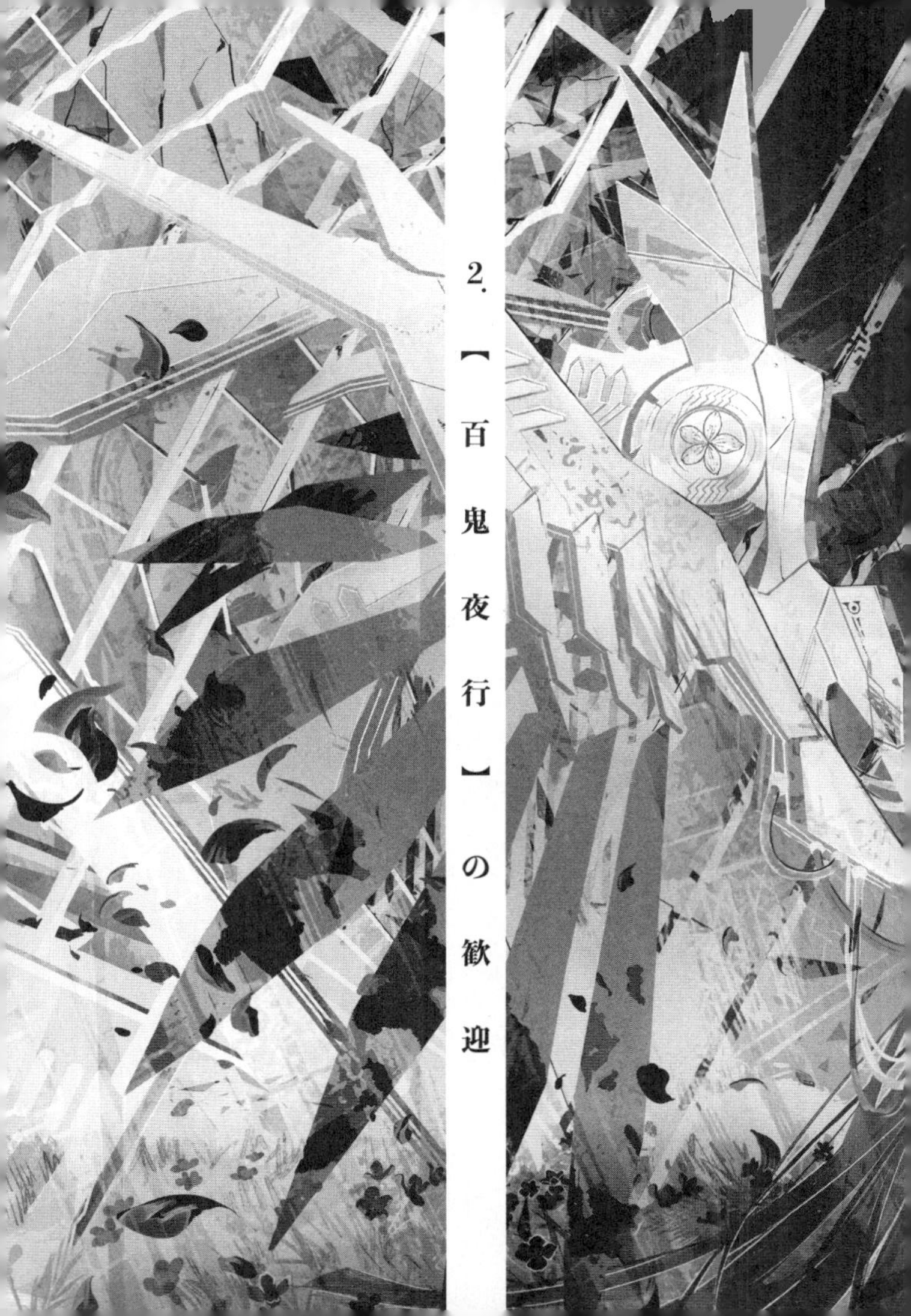

「――――こうして、物語は始まる」


暗い暗い、闇の中、『彼女』は呟いた。

闇よりも黒い髪を引きずり、『彼女』は歩き出す。

同色の目は、読みすぎた本を再度捲るかのような重度の退屈さに侵されていた。だが、

『彼女』は己の肩を情熱的に掻き抱いた。深刻な倦怠には似つかわしくない仕草と言える。

そのまま、『彼女』は夢見るように囁いた。

「もう一度、もう一度、あぁ――、今度こそ」

今度こそ、あなたを。

そこで、不意に声は途切れた。

後には、壊れたような啜り泣きが響いた。

＊＊＊

『さて、起きているかな？』

カグロ・コウは瞼を開く。

何度か、彼は瞬きを繰り返した。

視界は一面の白で覆われている。

気がつけば、コウは純白の部屋の中にいた。壁には扉どころか一切の継ぎ目がない。コウがどこから入れられたのかも不明だ。また、壁は定期的に蒼（あお）く明滅している。よく見れば光はコウの鼓動と同期しているらしい。現在の魔導技術で造り出せる代物ではなかった。

（恐らく、この部屋自体が先史時代の遺物だ）

視覚から得られる情報は少ない。だが、それ以外は考えられないと、コウは結論づけた。

その時だ。『壁』全体から声が響いた。

『起きてるのならさぁあああああ、返事をして欲しいなぁあああああ』

滅茶苦茶（めちゃくちゃ）な大声だった。コウは痛む耳を押さえる。相手は何かを察したようだ。どうやら室内の様子は監視されているらしい。今度は音量を控えた声が落ち着いた調子で響いた。

『あぁ、ごめんよ。その【収監部屋】を起動させるのは久しぶりなんだ。おかげで、声の調整が難しくってね。うーん、今くらいが丁度いいかな？　よし――、【次】は忘れない。で、君には記憶がある？　ちゃんと、覚えているのかな？』

「……何を、ですか？」

突然、呼びかけは親しみを帯びた。何事かとコウは警戒心を強める。その間も相手は一切姿を見せないままだ。だが、信用できないからと外に出ようにも、部屋には扉すらない。

直前の記憶を、コウは探ろうとした。不意に、相手は思いがけない言葉を続けた。

『君、――【キヘイ】と【結婚した】でしょう？』

「――はぁ？」

今度こそ、意味不明なことを告げられた。

間抜けに、コウは声をあげる。数秒間、沈黙が続いた。白い部屋は、短い周期で蒼の明滅を繰り返す。しばらくして、相手は頷いたようだ。笑いを含んだ声が響く。

『なるほど、自覚はないパターンか。別に構わないよ。説明をしてあげよう。魔導甲冑も身に着けず、君は【外】から生還した。一人の少女を伴って、ね。彼女は【キヘイ】だ』

「なっ」

『しかも、とびっきりの逸材でね。その上、彼女は現在、君と【婚姻状態】にある』

「こんいん……何だ、一体……よろしいでしょうか？　数点、わからないことがあります」

『冷静だね。学徒らしい、無難な対応だ。いいよ、整理が済んでいるのなら訊いてご覧？』

鷹揚に、声は応えた。コウの疑問の整理を待とうというのだろう。

室内は、静まり返る。

まず、コウは痛む頭を左右に振った。彼は記憶を反芻する。帰還時のことを、コウは全く覚えていなかった。だが、自分が『死んだ』ことは記憶にある。そこから先は、曖昧だ。

（そもそも、何故、俺は生きているんだ？）

ただ、ナニカ、とても美しいものを見た覚えがあった。

白く、儚く、美しいモノを。

必死に、コウは疑問を整理する。改めて、彼は尋ねた。

「一、俺は死んだはずです。二、俺の……恐らく、死に際に見た幻でなければ、……遭遇した少女は人間に見えました。彼女は【キヘイ】なのですか？　三、【キヘイ】と『結婚した』とはどういう意味ですか？」

『六十点』

「はい？」

『おまけに十点加えて、七十点あげよう。我ながら甘い採点だね――まぁ、試験なんて、落ちられた方が迷惑な代物だしね。それに、眼前に生じた疑問をなぞっただけだが、混乱状態でそこまで把握できれば、大したものかな』

すらすらと、滑らかな言葉が続いた。だが、その内容自体は、ほぼ、男の独り言に近い。本気で、コウは教室に帰りたくなった。だが、意外にも、男の声は直ぐに答えを続けた。

『まず一、彼女は君の心臓を再度動かし、ナノマシンを使用、損傷を完全に修復させた。骨のズレも、君が気絶している間に調整の上、繋げられている。その二、あの子は【キヘイ】だ。【完全人型】の【キヘイ】に遭遇するのは初めてのようだが、今はありのままを受け入れて欲しい。後で結構会うから――で、その三だけども』

簡潔な説明と共に、不穏な宣告を並べられた。そこで、相手は手を動かしたようだ。少なくとも、コウは目の前に立てられた三本の指を幻視した。飄々と、声は続ける。

『君も知っての通り、【キヘイ】は人間を殺害する。目的も行動原理も不明、ただそれだけの存在だ。だが、彼らの一部は――実は、人間の主を必要としている』

「……理解できません。その二つは相反している。彼らは人類の敵のはずだ」

『そうだね。だが、事実だ。ほとんどの人間に主の適性はない。遭遇、即殺害される。だが、時折、彼らの目に適う人間がいるんだ。その時、【キヘイ】は契約を求める』

コウは額を押さえた。白い少女の姿が頭に浮かび上がる。

彼の掌を取り、彼女は言った。

――これより、私の主は貴方となり、私の翼は貴方のものとなる。

『彼らには何故か、契約を婚姻と捉え、相手を伴侶と認める傾向が見られてね。僕らの間でも契約を【結婚】、対象【キヘイ】を【花嫁】、契約者を【花婿】と呼ぶ形に落ち着いた――ちなみに、【キヘイ】が女性型か、男性型か、人型か否かに拘わらず、ね』

ぐらりと、コウは目の前が揺れるのを覚えた。新たな情報に、脳の処理が追いつかない。イスミ辺りならば、ふざけるなと激怒さえするだろう。だが、コウには『理解ができた』。

何故か、これら一連の情報は既に知っていたような気がした。

――俺も、ずっと、この時を待っていた気がするよ。

そう、少女に応えた時に。

あるいは、それよりも前。

長い夢を見ていた時から。

『だから、君には選んで欲し――――えっ、何、ちょっ、逃走した？』

急に、相手の声は跳ねあがった。何事かと、コウは眉根を寄せる。

その間にも、遠くでくぐもった音が聞こえた気がした。男の声は誰かとの会話を続ける。

『周囲を破壊しながら、【花婿】に接近中？　あー、いいよ、別に。あの部屋の壁自動修復するし、そのための久しぶりの遺物収容でしょ？　いざとなれば、僕もまだ出れる段階だし……って、あっ、到着――――』

轟音が響いた。

コウの目の前で、白色が丸く切り裂かれた。分厚い壁が円柱状に落下する。冗談のような光景だ。自動修復すると言っても、これでは時間がかかるだろう。

数秒遅れて、コウは斬撃が振るわれたのだと気がついた。

切られた穴から外が見える。殺風景な廊下に、一人の少女が立っていた。蒼い目は空のようで、白銀の髪は雪のようだ。彼女は薄布一枚を纏った姿で、コウの方を見つめている。

「コウ！」

少女の顔に、一気に喜びの色が広がった。

瞬間、コウはぶわっと機械翼に包まれた。痛くはない。凶悪な金属は体に触れてはいなかった。ただ大事なものを隠すがごとく、コウは覆われる。少女は安心した様子で言った。

「よかった、コウ、無事でいてくれましたか。私は安堵し、嬉しく思う」

「えーっと、白姫？　出してくれないか、な？」

夢現に聞いた名前を思い出し、コウは尋ねた。反応はない。恐る恐る、彼はガンゴンと機械翼を叩いてみた。次の瞬間、翼は消えた。全ては嘘のように、少女の背中に戻される。

「私の名前を憶えてくれたのか！」

少女——白姫は弾んだ声をあげた。瓦礫を踏み締め、彼女はズカズカと歩いてくる。儚くも可憐な容姿に似つかわしくない軍人めいた歩き方だ。コウの前で、白姫は踵を揃えた。

彼女は花のような微笑みを浮かべる。幼子めいた、無邪気な表情だ。

不意に、コウは懐かしい気持ちになった。どこか幼い誰かの姿が、記憶の奥底から浮上する。胸の内に空いた隙間にパーツが嵌まるような感覚を、コウは突然覚えた。

静かに、彼は白姫を見つめた。その前で、白姫は己の胸元に掌を押し当てた。

「私はとても嬉しい。貴方に名前を呼ばれるのは幸いなことだ。満たされた気持ちになる」

「えーっと……それなら、よかった、な？」

「うむ、……『よかった』！」

白姫は大きく頷いた。コウも思わず頷き返す。コクコクと、二人は頷き合った。

謎なうえに、間抜けな図が繰り広げられる。だが、和んでいる場合ではない。

先程、男から聞かされた言葉を、コウは反芻した。慎重に、彼は問いかける。

「——君は、俺の【花嫁】、なのか？」

「その通りだ！　その言葉に、誤りは一つもない。私の主は貴方であり、私の翼は貴方のものです。私は貴方の【花嫁】であり、貴方は私の【花婿】だ」

「……そんな」

急に言われてもと、コウは戸惑う。だが、少女は澄んだ目を、無邪気に彼へ向け続けた。

ぐっとコウは言葉に詰まる。その表情を見ていると、否定することなど到底できなかった。

蒼い目を、白姫は静かに伏せた。祈るように、彼女は厳かな口調で囁く。

「貴方も、私を待っていてくれたのでしょう？」

その問いに、コウは直ぐには答えを返せなかった。遺跡での己の言葉を、彼は思い返す。

『俺も、ずっと、この時を待っていた気がするよ』

何故、自分がそう言ったのか、コウにはわからなかった。同時に、彼は知ってもいた。

（確かに、俺は誰かを待っていた）

長く、長く。

ずっと、胸の内に空白を抱えてきた。

コウは口を開き、閉じる。

その時だ。外から、硬い音が聞こえてきた。統制の取れた、足音が迫る。

「誰ですかね、無粋なことです」

「――今度は、なんだ？」

緩やかに、白姫は振り向いた。コウも目を動かす。

穴から、謎の集団が姿を見せた。

朱と黒を基調とした、制服に似た軍服姿の者達だ。その背中には、マントが揺れている。

彼らの顔は仮面で隠されていた。狐や猫、鴉等の目元は、朱色に塗られている。全員、骨格は発達しきっていない。見た目は異様だ。だが、コウと同じ学徒だろう。

コウは目を細める。背中に、彼は白姫を庇った。彼女が強いことは知っている。だが、放っておくことなどできなかったのだ。視界を遮られたせいか、白姫は小さく飛び跳ねた。

不満げな口調で、彼女は尋ねる。

「コウ？　この者達は、貴方の敵か？」

「いや、まだわからない」

「ならば、敵性は未定としておく。どうせ『殲滅は即座に実行可能』だ」

コウはゾッとした。白姫の言葉に、嘘偽りはない。本気で、彼女は目の前の学徒達を殲滅する気でいる。拳を固め、コウは振り向いた。慎重に言葉を選んで、彼は言い聞かせる。

「止めてくれ。人が死ぬのを見ることになるのは……その……嬉しくない」

「嬉しくない、と？」

「そうだ」

「己の敵でも？」

「……まだわからないし、やはり見たくはない。後、だ。重要なことなんだ、が」

そこで、コウは一旦言葉を切った。彼は急に湧き上がってきた、己の複雑な思いを探る。答えを出すと、コウは蒼色の目を覗き込んだ。率直に、彼は訴えを口にする。

「君が人を殺すところも見たくない」

「なんと」

白姫は目を丸くした。彼女は非常に困ったという顔をする。だが、それはコウの本心だった。まだ出会って時間は経っていない。だが、この白が紅に染まるのは絶対に嫌だった。

何故かはわからない。だが、コウの全てがそれを拒絶していた。

「お願いだ、白姫。俺は……君に、そんなことをして欲しくない」

「了解した。拘束を、隷属を、貴方に——貴方の言葉には、聴く価値がある」

頷き、白姫は全身に纏う殺気を解いた。

ガクリと、コウは体から力が抜けるのを覚えた。

どうやら、白姫の気迫に、彼は知らず緊張していたらしい。だが、周囲の学徒達は警戒を解こうとはしなかった。

空気は緊張に張り詰めた。剣や銃など——各々の武器に、全員が手をかけたまま動かない。そこに、適当な拍手の音が響いた。悠々と声が続く。

「そこまで。合格、合格。まっ、わかりきっていたことだけれどね。既に魔導研究科から、君が囮となって部隊が助かった旨も報告を受けている。貴重な善性だ。今のところ、君は『人類の敵』でもなければ『世界の終わり』でもないし、『なれない』……だからさ」

先程、壁から聞こえた声が響いた。

室内に、新たな闖入者が現れる。

コウは息を呑んだ。相手は白髪に蒼と黒の目を持つ、痩身の男性だった。自然には発生し難い色合いだろう。その前髪は長く、他の切り方は乱雑だった。顔や首の各所には、深い傷跡も目立つ。勲章を飾った軍服にくたびれたコートを合わせた姿は、ただ怪しかった。

怪訝さに、コウは目を細めた。男の風体の不審さのせいだけではない。

おかしな印象に、彼は襲われたのだ。

男の顔立ちは、どこかで見た覚えがあった。

同時に今まで知り合った誰とも似ていない。

ふらりと、男は歩く。コートの裾を揺らし、彼はコウの前で足を止めた。

「選んで欲しいんだ。僕には『君達(たち)』を殺せる——だから、一つ目。今、ここで死ぬか」

白姫(しらひめ)を目に映し、男は笑った。その表情に、コウは愕然(がくぜん)とした。迷いなく、男は事実だけを告げている。本当に、彼にはコウどころか、白姫をも殺せるのだろう。

無意味と知りながら、コウは白姫の前で両腕を広げた。

再び、彼女は彼の後ろで飛び跳ねる。

目を細め、男は頷(うなず)いた。何故(なぜ)か、彼はひどくつまらなそうな様子で続ける。


「それとも、僕達と共に来て、永遠にも似た地獄を見るか」


どちらが最悪かは、わからない選択肢だ。

平然と、男はソレをコウに突きつける。

乾いた眼差(まなざ)しを、二人は投げかけられた。

何故か、蟲(むし)の死骸でも見るような目つきに思えた。

＊＊＊

「死にたくないっていう心理は、わかり難いよね」

コウ達の前を進みながら、男は急に語り出した。

片手の指を意味なく振って、彼は独演を続ける。

「確かに、死は人にとって最たる謎の一つだ。生命という機能の停止した後のことは、誰にもわからない。だから、人は神を生み出し、来世に縋る。そうまでしても、まだ『死にたくない』という願望は続く。生と死、どちらが楽か、それさえも証明する手立てはないというのにね。そう思わない？　ちなみに、全部戯言だから聞き流してくれてもいいよ——勿論、聞いてくれた方が嬉しいけどさ」

「………はぁ」

コウは生返事をする。男は不満げに唇を尖らせた。成人男性にやられても、可愛くもなんともない仕草だ。いっそ不気味ですらある。

どう反応したらいいのか、わからない。

コウは沈黙を選んだ。彼は辺りを見回す。先程から人とすれ違うことはない。廊下には高価な絨毯が敷かれていた。窓枠や壁には彫刻が施されている。重厚で古めかしい内装だ。かと思えば、最新鋭の魔導結晶の創りあげた立体映像が、室内装飾の代わりを務めている。

声には出さないまま、コウは考えた。

（設備の豪華さからして、ここは中央本部に他ならないだろう）

背後には先程の襲撃者達——仮面の者達が無言のまま続いている。集団と共に、コウ達は護送される囚人のごとく歩いた。彼の置かれた状況は、端から端まで不気味で不可解だ。

更に、コウにはもう一つわからないことがあった。

「なぁ？」

「うん？」

先程から、白姫（しらひめ）は彼の腕にぶら下がるようにして歩いている。押しつけられた胸が柔らかい。白銀の髪からは、心なしかいい香りもした。動揺を呑（の）み込（こ）みながら、コウは尋ねる。

「君は、何故（なぜ）、そこまで俺にくっついて歩くんだ？」

「あの男が貴方（あなた）に害意を向けてきた際、盾となって死ぬためだ」

予想の三十倍ほど、物凄（ものすご）い返事がきた。

コウはギョッとする。彼は足を止めた。男は前に進み続けている。だが、コウは白姫と向き合うことを選んだ。薄布に包まれた肩に、彼は手を置く。コウは真剣に白姫に告げた。

「死ぬなんて、簡単に言わないでくれ」

「誤解があるようだ。コウ、簡単ではありません。計測の結果、現在の私ではアレに敵（かな）わないと判明した。故に、アレが敵対姿勢を露（あら）わにした際、貴方を生かすために成功率の高い試算を、先程から続けています。どの選択をしても、私の死亡は避けられない」

キリッと、白姫は顔を整えた。その言葉の剣呑（けんのん）さとは真逆に、表情はどこか幼い。

だが、確かな重い決意を込めて、彼女は語った。

「ならば、選ぶしかないだろう。これは相当な事態であり、簡単な話では――」

「止めてくれ。俺は君が死んだら、守られても全然嬉しくない！」

「了解した。貴方の嫌なことは、よくないことだろう」

コウは叫んだ。意外ときっぱりと、白姫は退いてくれた。コウは安堵の息を吐く。

この少女に、自分を守って死なれるなどごめんだった。

想像するだけで、胃の腑が熱くなり、コウは強く拳を握った。そんなことが起これば、コウは己を決して許せなくなるだろう。そう、少女の身を慮りながら、彼は困惑も覚えた。

やはり、何故かはわからない。

だが、確かに、耐え難いのだ。

そこに、前方から飄々とした声が響いた。見れば、男がその場で飛び跳ねている。

「殺さないってばーっ！　自分の生徒を殺す鬼畜非道がどこにいるっていうのさーっ！」

「貴方はもう黙っていてください……生徒？」

「おや、いきなり僕には強気だ。寂しいね」

コウは頭に疑問符を浮かべた。目の前では、男が今度はコートの裾をパタパタと遊ばせている。やはり不気味な仕草だ。コウの疑問に、彼は一時動きを止めた。男はうんと頷く。

「そうだよ、僕の生徒。そう言えば名乗り忘れていたね。僕はカグラ」

――ただのカグラだ。

名前を聞き、コウはひゅっと喉を鳴らした。その名前については、彼も耳にしている。

この学園において、最強と謳われる教師だ。

カグラの下につくということは、直属の精鋭部隊に入ることに他ならない。

何故と、コウは思った。同時に、彼は背後の白姫に視線を送った。彼女の存在と関係があるのだろうかと、コウは考える。白姫は、【特殊型】を単体で破壊する実力を発揮した。その強さは、戦闘科の学徒では比較対象にすらならない程、ずば抜けている。

コウが何かを口にする前に、カグラは続けた。

「そう、ご明察。僕の生徒になるってことは、僕の隊に入るということさ。でも、ただの精鋭部隊じゃない。単に戦闘に優れているだけでは、入れるわけにはいかない」

そこで、カグラは言葉を切った。にやりと、彼は唇を歪める。

意味もなく、カグラは空中で指を振った。朗々と、彼は声を響かせる。

「戦闘科の『存在しない』クラス百。【キヘイ】との【婚姻者】だけで造られた特殊部隊」

不意に、カグラは歩みを再開させた。いつの間にか、廊下の先には扉が一つ現れている。

その取っ手を掴み、彼は引き開けた。


「――――ようこそ、【百鬼夜行】へ」

コウは目を見開いた。教室内の構造は、最も広い一般講堂とよく似ていた。だが、窓はない。また円形に並べられた席の後方には、生徒の私物らしい諸々が大量に積まれていた。

そして、室内には本来いてはならない者達が点在していた。

何体もの【キヘイ】が控えている。

彼らが学園の席に着いている様は、馬鹿げた冗談か、悪夢のようだ。

【キヘイ】を『侍らせ』ながら、複数の生徒も座っている。二十名程度が教室中にバラバラに散っていた。カグラの言葉を信じるのならば【キヘイ】と『結婚した』者達だろう。

（つまり、此処にいるのは、全員が【花婿】と【花嫁】だ）

好奇、愉悦、敵意、嫌悪、無関心。

様々な視線が、コウと白姫を貫いた。

＊＊＊

瞬間、コウ達の背後から、ドッと賑やかな声があがった。

仮面の集団が口を開いたのだ。扉を潜った途端、彼らは解散というように警戒を解いた。

好き勝手に、仮面の者達は歩き出す。

「うあー、疲れたー、疲れたー」

「【姫】シリーズと【花婿】の護送とか洒落にならねぇんだよ。一人でやれっての、死ね」

「本当に緊張したんだけど。最強様だけで行くのは嫌だからってさ！　この寂しんぼが！」

「はぁ、肩凝ったぁ。凄い肩凝ったわぁ。先生揉んでぇ」

「やだよー、自分の『奥さん』に揉んでもらいなさい」

「私の肩、屑肉になるじゃーん」

次々と、学徒達は面を取った。中からは、普通の少年少女の顔が出てくる。彫像めいていた集団は、急速に人間味を帯びた。意外性に、コウは瞬きをする。

仮面の下の中身は、想像以上に、『ただの』学徒だった。

どうやら、彼らは全員【百鬼夜行】の一員だったらしい。

教室の中へ進むと、学徒達は自由に席へ着いた。

各々の場に落ち着くと、彼らはパンッと手を叩いた。あるいは指を、踵を鳴らす。

「さぁ、出てきていいぞ、俺の女」

「お疲れ様、ありがとうね。私の子」

学徒達の周りに【花嫁】が現れた。次々と【キヘイ】が呼び出される。

その姿形は、様々だった。

蛇に似たモノ蠍に似たモノ、中には人型も存在する。【乙】、【甲】、【特殊】全てがいた。

一歩、コウは後ろに下がった。本能的な恐怖に襲われ、彼は背筋を凍らせる。

ここにいる【キヘイ】だけで、研究科の生徒全員を惨殺しようと思えばできるだろう。

室内には、それだけの量と質の【キヘイ】が揃っていた。コウは眩暈を覚える。その前で、学徒の一人の肩に、カグラは手を乗せた。嫌そうな顔をされながらも、彼は説明する。

「この子達は【キヘイ】の中でも、姿を隠せる【花嫁】と『結婚した』面々だね。中央の他の連中に【キヘイ】連れで遭うと、たまに面倒なことになるからさ。君の護送の手伝いをお願いしたってわけ……あっ、こら、行っちゃうの？　ちぇっ、先生は寂しいなぁ」

赤髪の学徒に逃げられ、カグラはコートの裾をパタパタさせた。『それ止めろ』、『可愛くない』と生徒から文句が飛ぶ。どうやら【百鬼夜行】にも彼の振る舞いは不評なようだ。呑気なやり取りを前に、コウは内心で更なる冷や汗を流した。

（【キヘイ】がいたとは気がつかなかった）

姿を隠せる【キヘイ】の存在は、戦闘科のデータベースに載っていたはずだ。だが、ほとんどの生徒が、実際に遭遇したことなどない。これが『外』ならば既に命はないだろう。

いや、と、コウはそこで思い直した。

白姫がいる限り、違うのかもしれなかった。

何故か、彼女は彼を守ってくれる。だが、【キヘイ】だという少女は依然よくわからない存在でもあった。彼女のことを、コウは大事に思い始めている。自分でも不思議なほどに白姫の存在は親しいものに感じられた。だが、己の【花嫁】だという実感は未だにない。

白姫に、彼は視線を向ける。

何を思ったのか、彼女は満面の笑みを浮かべた。困ったまま、コウも微かに笑い返す。

白姫は花咲くような微笑みを深めた。実に可愛らしい表情だ。

その様子を見てか、誰かが教室の席で口笛を吹いた。

「熱いねぇ」

「自分の花嫁は大事よね、わかるわ」

ハッと、コウは振り向いた。年齢も様々の面々が、彼に注目している。

その目は笑っているようで、どこまでも冷めていた。コウ達が何か不穏な動きをすれば、即座に統制の取れた動きで処分にかかるだろう。そう、彼には予測ができた。

再度、コウは白姫を背中に庇った。自身の衝動に従って、彼は行動する。

彼女だけは、守らなくてはならない。

一方で、カグラは明るくコウの肩を叩いた。続けて、彼は白姫を指差す。

「と、言うわけで転科生です！　こっちは、カグロ・コウ君。こちらは白姫——君達も知っての通り、【キヘイ】最強たる、【姫】シリーズの未確認だった七体目。通称は」

「【カーテン・コール】」

「です！　ねっ、勘のいい君達には嫌な予感がするでしょ？　あははは」

カグラは、コウには理解できないことを言った。更に、彼は明るく笑う。

カグラは完全に壊れている。そう、コウは結論づけた。

先程の言葉には、何の意味があったのか。【百鬼夜行】の面々は目に見えて敵意を強め始めた。コウは僅かにたじろぐ。緊張で、空気は粘性を帯びた。

その中で、カグラは朗らかに続けた。

「これからよろしく、『転科生』——皆と仲良くね？」

絶対に無理だと、コウは思った。
彼を仰ぎ、白姫(しらひめ)はただ微笑(ほほえ)み続けていた。

3. 最初の試験

ゴーンと、時計が鳴る。

Ding-Dongと、時計が鳴る。

ぼぉんぼぉんと、時計が鳴る。


退屈そうに、『彼女』はソレを聞いた。

『彼女』の体は肩が剥き出しになった、黒のドレスに包まれている。白く、細い首筋には、銀の鎖が巻かれていた。肌の上には、長い黒髪が散っている。退屈の中、『彼女』が身じろぎをする度に、それは床へと流れ落ちた。

『彼女』の周りには、無数の時計が飾られていた。砂を使ったモノ、星の動きに従うモノ。精霊の時を表現したモノ。先史時代の動きの異なるモノまである。だが、共通項があった。

全ての時計は、遅々として進まない。

しかし、『彼女』はソレに慣れていた。

『時間は決して味方ではない』――そう、『彼女』は知っている。

再度、時計が鳴るまで、『彼女』は独り、待ち続けることとした。

ゆっくりと、『彼女』は黒い目を閉じる。

そこは寒く。

そこは暗く。

そして、孤独だ。

＊＊＊

ギィイインッと鋭い音が鳴る。

刃が擦れ、金の火花が散った。

コウは奇妙な剣を振り抜く。その握り手は細い。だが、先に行くに連れ、刃は膨れるように広がった。全体は鳥の羽根に似た形状をしている。ソレも当然だ。

コレは、白姫の翼から外した一枚だった。彼女の羽根を剣として、彼は使用している。中には、コウのモノではない魔力が充填されていた。

振るう度、炎が細かく宙を奔る。

強力な武器と言えるだろう。だが、それを手にして尚、コウの状況は悪い。

剣を構え直しながら、彼は額に伝う汗を拭った。

コウの後ろでは、白姫が機械翼を広げたまま佇んでいる。

彼女の姿はやや変化していた。細い体は薄布ではなく、軍服の形状を基本とした、白の衣装で覆われている。袖口や胸元は装飾過多とも言える、布やリボンで彩られていた。

【花嫁】の名に相応しい。また、帝都内にいるという、神職の巫女をも連想させる姿だ。

現在、白姫は戦ってはいなかった。あくまでも、彼女はコウの補助に徹している。

そして、二人の前には怪物がいた。

巨人型の【キヘイ】だ。その骨は金属で、肉は生物と岩の混合で造られている。分類は、やや特殊だが【甲型】だろう。精霊を憑依(ひょうい)させ、岩で造る、ゴーレムに形だけは似ていた。

巨人の頭部は教室の天井に危うく接しかけている。時折、岩の先端が音を立てて擦(こす)れた。

『彼』の前には、幼い少女が立っている。

白姫(しらひめ)と同様に、彼女は改造を施した軍服を身に纏(まと)っていた。

少女は複雑にフリルを重ねたスカートを穿(は)いている。首元には花の飾りを留(と)めていた。

その髪は金色で量が多く、柔らかい。瞳は翠色(みどり)で、まるで妖精のようだ。

愛らしい外見に相応(ふさわ)しい声で、——彼女は似つかわしくないことを口にする。

「なかなかやるんですね。潰してしまおうと思ったのに、潰れない。つまらない、面白くない、可愛(かわい)くない、愛らしくない。わかりません。どうして死んでくれないんですか？」

少女の顔は無表情に近かった。ただ純粋に、彼女は『どうして』と尋ねている。

物騒な問いを受け、教室の中から声があがった。一人の男子生徒が忠告をする。

「ツバキ君、殺しは厳禁だ。君がカグラに殺されるぞ。それでも構わんと言うのかね？」

「ヒカミは黙っていてください。どうせ潰すつもりでやったって潰れないんですから。それなら、私がどんなに潰れろと考えたって無問題。これぞ思考の自由というものですよ」

「……ふざけないでください、先輩。こっちはたまったものじゃありませんよ」

強張(こわば)った声で、コウは返した。目の前の少女の背丈は、彼よりも遥(はる)かに低い。だが、彼女は紛れもなく先輩、しかも、四年生だった。コウは先に聞いた、少女の情報を思い返す。

名は、カゲロウ・ツバキ。

【花嫁】は【甲型】の巨人――通称【少女の守護者(ドールズガーディアン)】。

先程から、ツバキは一歩も動いてはいなかった。ただ、コウだけが疲弊し続けている。

冷たい目を、彼女は彼に投げかけた。可愛らしい唇を、ツバキは皮肉げな形に歪(ゆが)める。

「うるさいです。【鬼級】の私よりも上の【幻級】なのでしょう？　それならば、この程度はできて当然、傷つけば不格好、死ねば分不相応。ただ、それだけの御話(おはなし)です。『私は潰す気でいきますが、お前は潰れない』。それを当然と考え、全力で抗(あらが)いなさい。潰します」

「コウ、敵性認識が可能だ。殺すか？」

「絶対に駄目だ。それに己は戦うが【キヘイ】には控えさせる。今はそういう決まりだ」

コウは白姫にそう告げた。白姫は頬(ほお)を膨らませる。こくりと、ツバキは頷(うなず)いた。

この戦闘は、己の【キヘイ】の力を借りながら、【花婿】だけが戦う。そういう決まりだった。実際、ツバキは己の【花嫁】を動かしてはいない。堂々と、彼女は指を鳴らした。

「お前が来ないのならば、こちらから行きますし――潰します」

同時に、コウの前に石の壁が現れた。彼を潰そうと、ソレは圧(の)し掛(か)かってくる。

瞬間、コウは石と石の隙間を刃(やいば)で突いた。石同士は肉液で癒着している。それに彼は火を点(つ)けた。一部が溶け、壁は崩壊する。何とか今回も成功したと、コウは荒い息を吐いた。

何故(なぜ)か、ツバキは満足げに頷いた。美しい金髪がふわふわと揺れる。

一斉に、周りから野次(やじ)と歓声が飛んだ。勝手な声が次々と言い放つ。

「いいねぇ、いいねぇ、俺は新入りに賭けるね」

「こっちはツバキに一枚」

「せっかくだ。殺害する気で返せ」

「一撃には期待するね」

「番狂わせもありかと」

カグラはと見れば、腕を組んで立っている。彼は事態を静観する構えだ。

必死に、コウは考える。何故(なぜ)、自分はこんなことをやっているのか。

一体、どうしてこうなったのか、と。

＊＊＊

【キヘイ】最強たる、【姫】シリーズ。

その未確認だった、七体目。

通称は【カーテン・コール】。

コウにとって意味不明な言葉の後、教室内の空気は歓迎から遠ざかった。だが、ソレは更なる決定的な変化を迎えた。ある宣言を、カグラが続けたせいだ。

「はい、カグロ・コウ君の等級ですが【幻】です——うちでは四人目になるね」

ざわりと、教室中がざわめいた。何事かと、コウは辺りを見回す。

二十五名程度の生徒は、固まることなく思い思いに散っている。その全員の顔に、ありありと不満が覗いていた。何か、皆には思うところがあるようだ。中の一人が手を挙げる。片方の目を包帯で覆った、赤髪の男子生徒だ。軍服には、特に改造は施されていない。理知的な印象に似合う低い声で、彼は問いかけた。

「先生、質問をいいだろうか？」

「はい、ヒカミ君、どうぞ。予想はできてるけど、なんだろうね？」

「貴方のその一言多い癖は、いつかツバキ君辺りに刺されるだろうから気をつけた方がいい。まぁ、自業自得なので、どうでもいいが──【幻級】とはどういうことだろうか？【蜂級】どころか、【鬼級】も超えるとは前例がない。説明を求めたく思う」

カグラは断言した。ヒカミと呼ばれた生徒は、元から鋭い目を細める。

「だって、彼──二十五名のうち、二十二名は殺害可能だし、二名とは相打ちするよ？」

更に、教室内はざわついた。

カグラの言葉に、コウは戦慄した。カグラ直属の特殊部隊──【百鬼夜行】はこの学園最強の面々と聞く。その内の誰か一人でも、コウには殺せる気がしなかった。

何よりも、彼自身には敵対の意思などない。

「待ってください。俺には誰も殺す気はありませんが」

「知ってる」

「腑抜け」

「帰れ」

「覇気がない。やり直し」

見事な罵声が飛んできた。コウは痛みっ放しの額を押さえる。白姫が『敵対か？』とわさわさと動いた。彼女を抑えながらも、コウはなるべく苛立ちを鎮めた声で訴えた。

「俺に殺す気があれば、貴方達は一斉に襲い掛かってくるつもりですよね？　罵倒される理由も、非難される謂れもありません」

「知ってる」

「正解」

「有り」

「その意気やよし」

意外と好意的な反応が返った。本当に意味がわからないと、コウは嘆息する。

そこで、一人の女生徒がすらりと手をあげた。

「──失礼、よろしいでしょうか？」

優しい垂れ眼が特徴的な、嫋やかな娘が立ち上がった。甘茶色の艶やかな髪が、ふわりと揺れる。彼女の背は高く、腰は細い。軍服のスカートは、ドレスのごとく裾が長かった。その佇まいは、どこか優雅さと上品さを感じさせる。

豊かな胸に手を押し当て、女生徒は穏やかに告げた。

「先生、カグロ・コウさんは混乱しているようです。まずは等級制度について、説明の必要があるかと存じます。貴方は頼りにならないので、私が代わりに行おうかと思います」

「的確な指摘と共に、僕への罵倒をありがとう、ミレイ君……うん？　ありがとう？　これじゃあ、僕が被虐趣味になるな……えーっと、まぁ、いいや！　説明をどうぞ！」

「大丈夫です。いつか本当に被虐趣味にして差しあげますから。それでは、カグロ・コウさん。初めまして、タチバナ・ミレイです。安心して、私の説明に身を任せて下さいね」

「怖い」

思わず、コウは呟いた。聞こえただろうに、ミレイはにこりと微笑む。その表情に敵意はない。パチリと彼女は指を鳴らした。席の下に横たわっていた【キヘイ】が身を起こす。

コウは思わず息を呑んだ。【特殊型】の【花嫁】だ。

その全身は、鎖で拘束されている。人に似た外観は、隅から隅まで無残に縛られていた。

【花嫁】の鎖を引き、ミレイは弾んだ声で言った。

「まずは、ご紹介しておきますね。こちらは、私の【花嫁】。通称、【私の信奉者】です。お見知り置きを願います。この、実に拘束の似合うこと、似合うこと！　愛らしいでしょう？　褒めてくださってても構いませんよ？　ふふふっ」

己の【花嫁】を、ミレイはぎゅっと抱き寄せた。

鎖で縛られ、口のような部分に鉄球を嵌められながらも、【私の信奉者】は猫のように喉を鳴らした。ミレイは『彼』に頬ずりをする。その光景からは、両者共に深い愛情が感じられた。だが、ミレイは唐突に手を放した。どさりと【私の信奉者】は席の下に消える。

あくまでも愛しさを込めた仕草で、ミレイは【花嫁】を踏んだ。

コウは思わず大量の冷や汗を掻いた。何事もなかったかのように、ミレイは続ける。

「それでは等級の説明を始めます」

「どうしよう。全然頭に入らない」

「頑張ってください――私達には、各自の実力に合わせ、等級が与えられています。最も弱い者達が【花級】十名。次いで【蜂級】が七名。【鬼級】が五名。最強の【幻級】が、貴方を除いて三名です。等級の強弱に関わらず、通常、魔導甲冑は装着しません」

都度、指を立てて、ミレイは語った。更に、彼女は冷静に続ける。

「【花級】は【乙型】に単独で対処可能、【甲型】は三名以上、【特殊型】は六名以上での対処、または逃走が推奨されています。【蜂級】は【乙型】、【甲型】に単独で対処可能、【特殊型】は三名以下での対処が可能です。【鬼級】は全型に単独での対処が可能――そして、【幻級】は『その全てを、凌駕しなくてはならない』」

ミレイは淡々と、説明を行った。その内容に、コウは顔を青褪めさせた。

【乙型】は一般生徒でも魔導甲冑を身に着ければ対処は可能だ。だが、【甲型】、【特殊型】相手には、何名いようとも惨殺される。

戦闘科ならば、手練れが十数名揃えば、【特殊型】一体の殲滅が叶った。だが、必ず大量の死者を出す。下手を打てば、全滅の可能性も高い。

それを、単独、しかも生身で処理するなど人間業ではない。

【幻級】に至っては、コウには最早実力の想像すら不可能だった。

だが、よりにもよって、コウはその【幻級】なのだという。

胸に手を当て、ミレイは滑らかに続けた。

「私、タチバナ・ミレイは【鬼級】。先程のヒカミは【蜂級】に当たります。他は……まあ、機会を探って、頑張って聞き出してください」

教室をぐるりと見回し、ミレイは微笑んだ。どうやら、呼びかけても返事はないものと判断したようだ。いぇーいと、数名が意味もなくポーズを取る。

何級かは、全くわからない。

いつになれば、全員のことを知れるのだろう。そう、コウは内心で溜息を吐いた。

不意に、ミレイは微笑みを消した。髪と同色の目を光らせて、彼女は問いかける。

「今までも、転科生は来たことがあります。ですが、大抵が、【花級】――最高で【蜂級】でした。突然、【幻級】が来るとは、私も納得しかねます。この分類は何故でしょうか？」

「簡潔明瞭な事実です。此処の【花嫁】達の中で、私が最強を誇るからだ」

胸を張って、白姫が応えた。再度、教室内はざわつく。慌てて、コウは彼女を振り向いた。白姫は平然としている。気負った様子はない。ただ、彼女は事実を告げているようだ。

穏やかに、ミレイは頷いた。だが、彼女は剣呑に続ける。

「ええ、そうでしょう。【姫】シリーズともなれば、【特殊型】すら塵のようなものです。比較対象にすらならない。それが、貴女――しかも、七体目の正確な実力は不明です」

コウは目を見開いた。確かに、先程、カグラは『【姫】シリーズ』を『【キヘイ】』最強たる』存在と称した。そうなのかと、彼は白姫に目を向ける。

当然のことだと、彼女は微笑んだ。

教室内に、ミレイは目を走らせた。小さく首を横に振り、彼女は囁く。

「貴女と戦おうと思えば、──今は、教室内に不在ですが──同じく【姫】シリーズを娶った、【幻級】の一人以外、敵うとは思えません。ですが、等級は【キヘイ】と共に戦う人間の技量も加味されます……それを鑑みれば、【鬼級】がせめて妥当ではないかと」

「この中の大半よりも、コウは強いはずだが？」

「はぁ？」

誰よりも大きな声を、コウはあげた。引き続き、白姫の表情には変化がない。やはり、彼女は見栄を張っているわけではないようだ。頷き、白姫は実に誇らしげに言い放った。

「分析は済んでいます。彼は【鬼級】の【花婿】に匹敵する。なれば、私の戦闘力も加味すれば【幻級】とやらが妥当だ──カグラの分析に何ら間違いはないと断言しましょう」

「面白い」

「ほう」

「有り」

「嫌いじゃない」

「カグラ、いい？」

また、別の女生徒が手を挙げた。彼女の方に視線を向け、コウは三度ギョッとした。一見して、その女生徒は幼い少女に思えた。

可憐な姿は、まるで人形だ。

小さな体を、彼女は巨人の肩に乗せている。頬杖をついている腕には、金の髪が絡んでいた。幼い女王のごとく、女生徒は——コウだけではなく、カグラまでをも睥睨している。

翠の目を、彼女は気紛れな子猫のように瞬かせた。

少女の問いかけに、カグラは平然と応える。

「はい、どうぞ、ツバキ君」

「試験、やるのでしょう？　【幻級】ならば、私が対応します。それが妥当のはずです」

コウには意味のわからない言葉を、彼女は告げた。

幼い外見に似つかわしくない、凛とした声が響く。少女は翠の目を細めた。測るように、彼女はコウのことを見つめる。どこか悲しげに、ツバキは語った。

「【幻級】とは面白い話です。見合うのならばそれでよし。ですが、もしも、身の丈にそぐわない【キヘイ】と契約しているのならば、守り、守られるに相応しい働きができないのならば双方にとって不幸でしょう。そうならば転科を認めるわけにはいきません。いずれ潰される運命ならば、私の手によって幕を引きましょう。それも慈悲というものです」

愛らしさに見合わない、重い声だった。翠の目を、彼女は静かに閉じ、開く。

巨人の肩の上で、少女は立ち上がった。

フリルに飾られたスカートがふわりと膨らむ。コウを指し示し、彼女は金髪を揺らした。堂々と、少女は宣言を響かせる。

「【鬼級】のカゲロウ・ツバキ——その人を潰します」

物騒な言葉が響いた。途端、わっと、教室は沸いた。だが、その喧騒内に、悪意は妙になかった。祭りを楽しむような底抜けの明るさが、ただ覗いている。

教壇周りの生徒が、席を立った。素早く、彼らは場を整え始める。

大半の者達が、この展開に心を躍らせているようだ。

どういうことかと、コウは視線で説明を求めた。飄々と、カグラが告げる。

「いやね、転科生は、自分と同等級か、それより下の学徒と、一戦をしてもらう決まりなんだよ。あまりに適性がないようならば、【百鬼夜行】に入れるわけにはいかない——まぁ、通過儀礼と思って、諦めて欲しいかな——今回の相手はツバキ君にお願いするよ」

「……そう急に言われてても、困るのですが」

コウは教室中に視線を向けた。ただ一人、悩むようにミレイだけは頰に手を当てている。

コウは彼女に縋るような視線を送った。彼は争い事など好まない。この事態を止めてくれる存在が必要だった。しばらく何かを考えた末に、ミレイは口を開いた。

「戦うのはいいけれども、貴女、まずはお着替えした方がよいと思うの」

「そ、そこか」

「うむ、承知した」

がっくりと、コウは項垂れた。一方で、白姫は頷いた。

目を閉じ、彼女は己の纏う衣装を変化させていく。まず、薄布を【百鬼夜行】の軍服に変更。色を白にし、好みに合わせてか装飾を加えた。蒼い光で全身を包み込み、晴らす。

後には、愛らしい服装に身を包んだ姿が立っていた。

新たな白姫の装いを、コウはまじまじと見つめる。思わず、彼は尋ねた。

「そういう服が好きなのか？」

「うむ、一番しっくりくる。それよりもコウ——どうやら戦闘のようだ」

「あぁ、不本意にも、ね」

コウは苦く応えた。彼にもわかる。断れば、コウは二度と歓迎されることはないだろう。【百鬼夜行】に入る以上、この一戦は逃れられないもののようだ。

巨人に担がれたまま、ツバキはゆっくりと階段を降りた。

半ばふざけた歓声を受けながら、彼女は教壇の前に立つ。

その後、コウはルールの説明を受け——、
かくして、事態は今に至った。

＊＊＊

「ほらほら、その程度なのかしら！　【鬼級】に匹敵するのではないのかしら！」

高い声で、ツバキは囀った。踊るように、彼女は指を動かす。

コウの左右から、また岩壁が迫った。頭を下げて躱し、彼は二枚を激突させた。そのま
ま、コウは反転。新たに宙に生まれた一枚を蹴った。反動で、彼は背後の一枚に剣を刺す。

その度、教室中に歓声と野次が湧いた。

「行け！」

「悪くはないぞ！」

「まだ、遅い」

「予想の域を出ないな」

「後少し、速度がいる」

何とか、コウは全てを捌き続けていた。だが、誰かが評した通り、動きに余裕はない。

ツバキの揶揄も当然だった。彼女が、先程『双方にとって不幸だ』と言った通りだ。

本来、これだけの攻撃を捌く実力など、カグロ・コウにはない。故にコウは――、
ひどく、『落ち着き始めていた』。

（わかって、きた――視野が狭いんだ）

自身が不利な理由の一つを、彼はそう悟った。

人間の目は二つしかない。当然、映せる視界には限りがあった。

四方八方から迫る、ツバキの壁は捉えきれない。気配を読んで対応するには、コウは未熟だ。打つ手はない、はずだった。だが、彼はギリギリで捌き続けている。

本来ならば、既に潰されていてもおかしくないにも拘わらず、だ。

間に合っているのには、理由があった。

定期的に、コウの視界には別の視界が割り込んでいる。ソレは背後から、コウとツバキの全貌を捉えていた。また、その情報を元に、剣はコウの反応よりも速く動いている。

二つを無意識的に利用し、コウは見えない位置の壁にまで対応していた。

視界の元が何かを、コウは察した。

(――――コレは、白姫の『目』だ)

いつの間にか、二人は繋がっていた。

【花嫁】に、【花婿】は接続している。

(それなら！)

己の視界を、彼は彼女のソレに完全に移した。そのまま、コウは白姫の『目』を使い続ける。また、彼は体から『力を抜いた』。コウは動きを、剣に導かれるままに任せていく。

「――――やるな」

「確かに」

「へぇ、予想外」

「あぁ、同期性が異様に高い。会ったばかりの【花嫁】との連携とは思えない」

どこかで、誰かの声が聞こえた。だが、コウにはどれがどの人物の発言か、確かめる余裕はなかった。岩壁の出現頻度と接近速度は増していく。剣には更なる反応が要求された。

一度でも気を抜けば、潰されるだろう。

「――――ッ！」

上から迫る壁を蹴り、コウは回転した。足を広げ、体を平たく保ち、下方の壁を切断する。剣を上に戻し、彼は右に転がり、左を貫いた。一連の動きの間、思考は放棄している。

最大限に、コウは速度を上げた。次々と、彼は壁を捌いていく。

その様を見て、ツバキの無表情が変化を始めた。翠（みどり）の目の中に、奇妙な愉悦が浮かぶ。

今まで、彼女は決して真剣ではなかった。『潰す』と言いながら、好戦的とも称しかねた。

だが、『気が変わった』のだろう。

一転して、ツバキは凶悪な笑みを浮かべた。嬉（うれ）しそうに、彼女は声を弾ませる。

「あぁ、いいわ！　可愛（かわい）らしくも、愛らしくもないけれど、決して悪くありません！　それでは本気で参りましょう！　この、カゲロウ・ツバキが潰します！　今、此処（ここ）で！」

瞬間、コウは『全方向』を取り囲まれた。

彼を真ん中に、『崩壊した球体状』に壁面が浮かぶ。

（避（よ）けようがない！）

一部を壊す余裕も与えられなかった。瞬間、ガチッと、壁は球体状に噛（か）み合（あ）った。

――コウを中心に。

空中に、岩の丸い塊が完成する。ヒカミという男子生徒が叫んだ。

「そこまでだ！　まさか、死んだのではないだろうな？　救出にかかるが構わないな？」

球体の内側で、コウはその声を聴いた。

剣をつっかえ棒にして、彼は球体が完全に閉じ切るのを防いでいた。コウは考える。ヒカミの発言に、ツバキは気を取られているだろう。また、彼を仕留めたとも油断している。

勝機は此処にしかないと、コウは悟った。彼は囁く。

「白姫——もう一枚だ。おいで」

「了解した、コウ——隷属を、助力を、貴方に。私の全ては貴方のモノだ」

岩の中からでも、コウにはわかった。瞬間、白姫は翼から羽根を一枚飛ばした。ソレは球体を外側から貫く。コウは内側の刃を突き出した。内と外からの同時攻撃。

中に込められた魔術は、炎と氷。

二つの猛烈な反発が起こった。球体は爆散する。

壁面は細かく割れた。一斉に、ソレは飛び散る。

降り落ちる直前の瓦礫に、コウは足裏を当てた。瞬間、彼は太腿に力を込めた。爆発的な勢いで、コウは跳躍する。瓦礫の隙間を、彼は猛烈な速度で直進した。

そのまま、コウはツバキへ向かって肉薄した。

彼女は翠の目を大きく見開く。

コウは、白姫の羽根を突き出した。咄嗟の混乱の末、ツバキは微かに笑った。

「――敗れ、ましたね」

「はい、そこまで」

　羽根は、カグラの手に止められた。

　コウは瞬きをする。何が起こったのか、彼にはわからなかった。生身の手に制止されるとは信じ難い。本来ならば、コウにはツバキを貫くことができたはずだ。だが、よく見れば、カグラの掌には魔法陣が描かれていた。完璧に、ソレは白姫の羽根を防いでいる。

　漸く、コウは頭が冷えた。一気に、彼はゾッとした。

（刃が届かなくてよかった――我を、忘れていた）

　白姫に人の死ぬところを見たくないと告げながら、自分が殺してどうするのか。

　冷や汗を拭いながら、コウは何度も己に言い聞かせた。

　戦いはこれで終わりだ。

　どうやら、終わらせることができた。

　それをなんとか、コウは理解する。とんっと、彼は床に降り立った。

　途端、教室はわっと、歓声に沸いた。

＊＊＊

「途中、水を差してしまったか……すまなかった。だが、十分だ。戦闘経験もなく、これ程とは、転科生の勝ちと言えるだろう。負傷者も出ず、何よりだ。確かに、悪くはない」

「ええ、【鬼級】相当と認めましょう。愉しくなってきましたね？」

ヒカミとミレイが言った。他の学徒達も一転して、ほぼ歓迎の様相を呈している。

コウは息を整えた。急速に、彼は理性を取り戻していく。

同時に、コウは疑問を覚えた。

何が起きたのか、彼には把握できていなかった。【キヘイ】と連携して戦うなど、初めての経験だ。全ては無我夢中だった。己が行ったことすら、コウには理解ができていない。

彼は戦いの内容を反芻する。

全てが、自分ではない、他人の動きのように思えた。

（……まるで、最初から戦い方を知っていたかのようだ）

どうしてだろうと、コウは困惑に襲われる。その時だ。

突然、彼は何かに包まれた。バサァッと、コウの視界は機械に覆われる。ソレには見覚えがあった。白姫の機械翼だ。ガンゴンと、彼は表面を叩いた。間抜けに、コウは訴える。

「白姫、白姫ー、出してもらえないか？」

「ううっ、流石は私のコウだ。やはり、私の翼は貴方と共にある……ですが、正直、恐怖を覚えました。万が一、貴方が死んでいれば、私はその場で自爆している」

「自爆は駄目だ。絶対に駄目だ」

「駄目ですか？」

「駄目だ。俺が嫌だから駄目……ほら、白姫、落ち着いてくれ」

優しい呼びかけと共に、コウはガンゴンを繰り返す。

やがて恐る恐る、白姫は機械翼を解いた。じっと、彼女はコウを見上げる。蒼く、美しい目には涙の膜が張っていた。不思議な話だ。何にも怯える必要がない程に、白姫は強い。

それなのに、彼女はコウのことが心配で仕方がないようだ。

自然と、コウは白姫を抱き締めた。ぽんぽんと、彼は彼女の背中をあやすように叩く。

「……コウ？」

「心配ないよ、もう大丈夫だから」

愛しさが、胸の底から湧きあがってきた。感謝と共に、コウは口を開く。

「ありがとう、白姫……なんとか勝つことができた。全ては君のおかげだ」

そう、コウは心の底から告げた。彼女がいなければ、彼には一撃たりとも捌けなかった。白姫が共に戦ってくれたおかげで、コウは勝利を掴めたのだ。一緒に死線を潜り抜けた相手を、彼は強く抱き締める。白姫も抱擁を返した。だが、同時に、コウは首を傾げた。

「けれども、俺はどうして……あんな動きができたんだろう？」

「私は貴方の翼だ。そして、貴方は私の贄にして、糧にして、主にして、王にして、奴隷にして、喜びにして、運命にして、花婿です。貴方も私を待っていたと、言ってくれた」

――これぞ運命ということでしょう。

白姫は微笑んだ。その笑みに応え、コウは頷く。

何故戦えたのか。その理由はわからないままだ。だが、結果を出せた事実は変わらない。続けて、コウはツバキの方へ視線を向けた。敗れたというのに、彼女も笑っている。何故か、ツバキは満足そうだ。コウに勝負を申し込んだ際の、不機嫌な無表情は消えていた。否応なく、コウは理解した。

どうやら、【百鬼夜行】とは『こういう連中』なのだ。

パンッとカグラが手を叩いた。高らかに、彼は宣言する。

「はい、それでは――我ら、誇り高き、【百鬼夜行】。闇に潜み、人に謗られる者。我らが【花嫁】と実力こそが全て――彼を迎えることに、異存はないね」

「異議なし」

「あぁ」

「悪くない」

「どちらかと言えば賛成」

幾つもの返事があがった。

ある者は足を組み、ある者はにやりと笑い、ある者は机に伏せたまま――賛同を示す。止まらない汗を拭いながら、コウは頷いた。

どうやら永遠にも似た地獄とやらの一端の中、

無事、彼らは己の居場所を得たようだった。

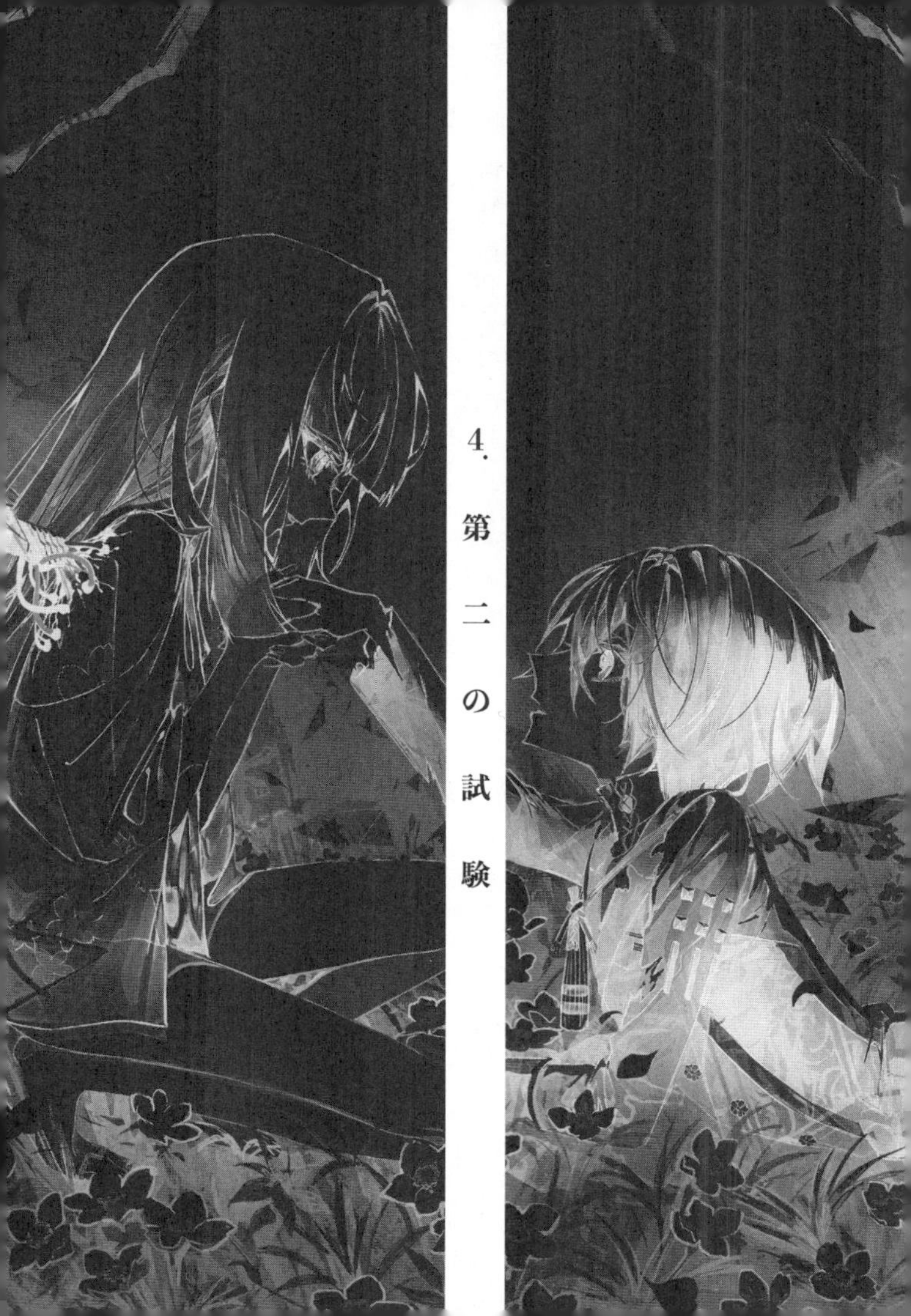
4. 第二の試験

TickTockと時計は動く。

チッチッチッと時計は動く。

かちりかちりかちりと時計は動く。


『彼女』は眠っている。『彼女』は動かない。

ただ、『彼女』は夢を追い求めている。

愛しい人に、会いに行く夢を。

それはもう何年も、何年も、見られた例しがない。それでも、『彼女』は夢を求める。

所詮、崩れるものと知りながら、
砂上の楼閣に手を伸ばすように。

＊＊＊

「はい、ここが君達の部屋です！　どうぞーっ！」

意気揚々と、カグラは扉を開いた。途端、豪華な一室が露わにされる。

中央本部の左翼、片隅での出来事だ。

教室でのツバキとの戦闘後、丁度、【百鬼夜行】の『授業』は全て終了したらしい。

後は、各自自由時間だという。

初日は疲れただろうからと――カグラによって、コウは『寮の部屋』へと案内された。

連れて来られた一室を前に、コウは唖然とした。

床には長毛の絨毯が敷かれ、ベッドは天蓋に飾られている。他の家具も全て、古めかしい本物のアンティークだ。内装は費用面は度外視で、居心地の良さだけが追求されていた。

その装飾振りは、ある意味馬鹿馬鹿しいと称せる。

コウは室内を指差した。恐る恐る、彼は確認する。

「これ……確実に、『寮』用の部屋じゃありませんよね？」

「あはっ、バレた？【百鬼夜行】は存在しないクラスだからね。中央本部内に、元々寮なんてないの。だから、来客用の貴賓室を必要分、寮として占拠してます。専用の厨房と食堂もあるよー。不便があったら、何でも言ってね！　先生、融通するからっ！」

それじゃーと、カグラは軽やかに立ち去りかけた。その肩を、コウはガシッと掴む。だが、カグラは無言で進み続けようとした。強制的に彼を引きずり、コウは部屋の前へ戻す。

正面から向き合い、コウはカグラに尋ねた。

「ベッドが一つですが」

「そだねー」

「白姫と同衾しろと？」

「だって、君達夫婦じゃーん。当然でしょ？」

「道徳観念に乏しい」

　思わず、コウは嘆いた。出会って間もない男女が同衾する習慣は、彼の脳内にはない。

　だが、別にいいじゃなーいと、教師たるカグラはへらへらと笑っている。文句を重ねるべく、コウは口を開いた。途端、カグラは纏う空気を切り替えた。冷たく、彼は口を開く。

「言ったよね？　彼女は人に似ているけれども、人じゃない。【キヘイ】だ」

「それは……そう、ですが」

「実は、コレは第二の試験でもある。各【花嫁】の制御は、【花婿】の役割なんだよ。『病める時も健やかなる時も、二者は共にいること』が義務づけられている——例外は認められていない。故に、自身の【キヘイ】を中央本部内で暴走させない証明が必要だ」

　ぐっと、コウは息を呑んだ。確かに、カグラの言う通りだろう。

　中央本部内に、【キヘイ】を単独で放つわけにはいかない。その決まりは理解ができた。だが、とコウは尚も訴えを続けようとする。そこで今度は、カグラはにっこりと微笑んだ。

「まぁ、気持ちはわかるよ。白姫君、とっても可愛いもんね？　ねー？」

「うむ、私は可愛い。何故ならコウの【花嫁】だからだ。きっと相応しい可愛さでしょう」

「そうじゃなくって……いえ、白姫は可愛いですけども、問題を茶化さないでください！」

　コウは必死に訴えた。草臥れたコートの裾を、カグラはパタパタさせる。面倒だと言いたげに、彼は唇を尖らせた。話はお仕舞いですと打ち切り、カグラはひらひらと手を振る。

「茶化してませーん。事実を言ったまででーす！　それじゃあ、試験の放棄は流石に認めてあげられないからさ。まずは一泊を頑張れ、青少年。君の理性に期待してます」

「言われなくても、問題は起こしません！」

コウは叫んだ。はいはいと、カグラは去って行く。後にはコウと白姫だけが残された。

むんっと、白姫は両手を握った。満面の笑みで、彼女は宣言する。

「コウなら、どんな問題を起こしてくれても構いませんよ！」

「はい、白姫！　よく意味を理解してないっぽいのに、そういうことを言わない！」

彼女の両肩に手を置き、コウは言い聞かせた。無駄に疲弊しながら、彼は室内を見回す。

幸いにも、横たわるのに適した長椅子があった。自分はそこで眠ろうと、コウは心に決める。隣には浴室も完備されているようだ。改めて白姫と部屋に入り、コウは扉を閉めた。

（シャワーを浴びて、今日はもう休もうか）

そう、コウは考えた。彼は後ろを振り向く。

さてと、コウは白姫の姿を探した。

見れば、彼女はベッドに乗って跳ねていた。かと思えば、左右にゴロゴロと転がってみてもいる。どうやら初体験の家具が気に入ったらしい。仰向けになりつつ、白姫は言った。

「コウ、とても気持ちがいい。ふわふわとは、よきものですね」

「そうだね、白姫。ベッドは、君が使ってくれていいから……」

「何を言っているのですか、コウ？」

白姫は首を傾げた。無邪気に、彼女は巨大な枕を手に取る。

ぎゅっと、白姫(しらひめ)はそれを大事そうに抱き締めた。柔らかな口調で、彼女は言う。

「準備ができたのならば、一緒に寝ましょう。きっと、とても楽しい」

花が綻ぶように、白姫は微笑(ほほえ)んだ。

コウにとって、それはかなりの爆弾発言だった。

＊＊＊

「嫌です」

「何故(なぜ)」

「お断りします」

「どうして」

「青少年の心を慮(おもんぱか)ってください」

「その心はわかり難い。貴方(あなた)が、私から離れて眠ろうとしている理由も不明です」

シャワーを浴びて、一息吐(つ)いた後のことだ。

コウと白姫は真剣な戦いを繰り広げていた。

よりにもよって、白姫は薄布姿に戻っている。彼女なりに、『寛(くつろ)げる恰好(かっこう)』を模索した結果らしい。また、先程から、白姫はぽんぽんと両手で隣を叩(たた)いていた。二人が寝るのに、十分な空間があることをアピールしているようだ。それに対し、コウは抵抗を続けている。

「いいではないですか、コウ」

「よくはありません、白姫」

むぅっと、白姫は頬を膨らませた。長い髪を揺らし、彼女は小さく跳ぶ。

白姫はコウに抱き着こうとした。慌てて、コウはソレを躱す。不満げに、白姫は続けた。

「いいではないですかー、コウー」

「よくはありません！　白姫！」

コウはベッドの柱に隠れた。飛びつかれないよう、彼は距離を開ける。

　このままでは無理だと悟ったらしい。再び、白姫は頬を大きく膨らませた。直後に、彼女は表情を陰らせた。白姫は、長い睫毛を伏せる。蒼の目に、彼女は深い悲しみを湛えた。

うっと、コウは困惑を覚えた。白姫のその表情は、反則と言える。

別に、彼は彼女に、悲しい顔をさせたいわけではないのだ。

「あの、白姫。そんなに残念がらないでくれ」

「コウは寂しくないのですか？」

「寂しい？」

「貴方は私の贄にして、糧にして、主にして、王にして、奴隷にして、喜びにして、運命にして、花婿です。貴方も私を待っていたと言ってくれた。それは嘘だったのですか？」

「嘘では、ないけれども」

「私は貴方が好きだ、コウ。運命と別れているのは、寂しいものです」

しゅんっと、白姫は残念そうな顔をした。まるで一人残された、幼い子供のごとき表情だ。拒絶されるのは、白姫にとってはそれほど寂しいことらしい。彼女は胸元を押さえた。

謡うように、白姫は続ける。

「貴方は私のただ一人だ。私の何より大切で誰より愛しい者だ。貴方のためならば、私はどんな運命さえも厭わない。ただ、傍にいたい。近くにいたい。離れているのは嫌です」

「ちょっ、あの、白姫……その」

あまりにも真っ直ぐな言葉だった。コウは流石に照れる。

だが、白姫は語りを止めなかった。重く、彼女は最後の一言を吐き出す。

「なんだか、胸に穴が開いているようだ」

これには、コウの方が折れた。

胸に穴が開いているような寂しさに、彼は覚えがあったのだ。それはずっと長く、コウが抱えてきたものだった。埋める方法のない空白に、彼は悩まされてきた。

（――あなたがいなくて、寂しい）

その誰かは、永遠に得られない。コウはそう思っていた。

だが、今、彼の目の前には白姫がいる。

そして、彼女は寂しそうな顔をしていた。

息を吐き、コウは諦めてベッドに腰かけた。毛布を捲り、彼は白姫の隣に身を横たえる。

嬉しそうに、白姫は瞳を輝かせた。直ぐに、彼女は満面の笑みを浮かべる。

「コウっ！」

「わぁっ、白姫……あぁ、もう」

勢いよく、白姫は彼に抱き着いた。引き離そうとして、コウは止める。

彼女の抱き着き方は、妹が兄にするようなものだった。ゴロゴロと、白姫はコウに頭を擦りつける。その様子は、とても無邪気だ。引き離すことは、コウには到底できなかった。

半ば自棄になりながら、彼は白姫の背中に腕を回した。

歳の離れた妹にするように、コウはぽんぽんと手を動かす。

「ほら、寂しいのはなくなった？」

「ええ、勿論！　コウ、今はとても温かい。そして幸せです」

嘘偽りない表情で、白姫は言った。コウはくすりと笑う。

いい子と、その頭を撫でて、コウは続けた。

「それなら、よかった。君が寂しいのは、俺も嫌だ」

「安心、したら……なんだか、……スリープ……モード、に……」

白姫の全身から、ふっと力が抜けた。すぅすぅと、彼女は安らかな寝息を立て始める。

もう一度、コウはその頭を撫でた。白銀の髪を整えてやりながら、コウは優しく囁く。

「おやすみ、白姫……よい夢を」

手を離し、彼は微笑みを浮かべた。

そして、コウも一緒に瞼を閉じた。

＊＊＊

真夜中のことだ。

一度、コウは目を開いた。彼は室内の光景を見る。

窓からは、月明かりが降り注いでいた。

そして、銀色の中に、一人の女性が立っていた。

最初、コウは白姫かと思った。だが、違う。

黒いドレスを着た、女性だ。白い首筋には銀の鎖が輝いている。その先端は、豊かな胸の谷間へと消えていた。艶めかしい姿で、『彼女』はコウの眠るベッドを見下ろしている。


黒い髪と目は夜のようで。

白い肌は雪のようだった。


何故か、コウは『彼女』がいることに疑問を覚えなかった。ただ、不思議な懐かしさに、胸を満たされた。一方で、女性はとても寂しそうな目を、コウに向けている。

彼を覗き込もうとするかのように、『彼女』は少しだけ屈んだ。黒髪に隠された耳元に、蒼色の何かが輝いたように、コウには見えた。やはり、女性は悲しそうな表情を崩さない。

なんで、『彼女』がそんな顔をするのか、彼にはわからなかった。

だから、白姫を起こさないように気をつけながら、コウはベッドを少しだけ横に詰めた。

毛布を捲って、彼は口を開く。

「君も、入ったらどうかな……ほら、くっついていれば、寂しくないからさ」

女性は目を見開いた。『彼女』は唇を震わせる。だが、女性は頑なに首を横に振った。

蒼色がまた、その耳元でキラキラと輝く。

泣きそうな顔で、『彼女』は己の胸を押さえた。『彼女』は片手をコウへ伸ばす。

縋るように、求めるように、『彼女』は指を震わせた。だが、ぎゅっと掌を握り締めた。

すぅっと、その姿は急速に薄まった。

夜闇の中に、女性の姿は消えていく。

やがて、朝が来た。

コウが目を覚ますと、部屋の中に誰かがいた痕跡はなかった。

不思議な訪問者の足跡さえない。

きっと、夢だったのだろう。

そうとだけ、コウは思った。

＊＊＊

しばらくして、身支度を整えた後のことだ。

トントンと扉が叩かれた。

「はい？」

「早朝に失礼する……開けてはもらえないだろうか？」

分厚い木の扉越しに、くぐもった声が響いた。

首を傾げながらも、コウは扉を開いた。

顔に包帯を巻いた、男子生徒が現れる。鋭い隻眼と、赤髪が特徴的な姿を見て、コウは目を細めた。彼の困惑に配慮してのことだろう。相手は穏やかな調子で口を開いた。

「やぁ、突然すまない。今、いいだろうか？」

「構いませんが、……貴方は」

昨日の記憶を、コウは探った。彼の顔と声には覚えがある。

自然と、コウは教室内でのある会話を思い出した。

『ツバキ君、殺しは厳禁だ。君がカグラに殺されるぞ。それでも構わんと言うのかね？』

『ヒカミは黙っていてください』

(この人は、ヒカミという男子生徒だ)

不意に、ヒカミは手を差し出した。数秒後、コウは握手を求められていると気がついた。

慌てて、彼はそれに応える。ヒカミの掌は皮が厚く、複数の傷跡があることが判明した。

握手を終え、ヒカミは改めて名乗った。

「三年生のヒカミ・リュウという。昨日の試合は途中で水を差してしまい、すまなかった」

「いえ、あれは……おかげで助かりました。ありがとうございます」

そう、コウは頭を下げた。実際、彼の制止がなければ、ツバキが油断をしてくれたか否かはわからない。ならば、いいがと、ヒカミは微笑んだ。続けて、彼は徐に咳払いをした。

「また、実は第二の試験のことなんだが」

「第二の試験」

「転科生の最初の夜のみ、【キヘイ】の暴走の可能性があるため、学徒二名以上での監視が義務づけられていてな……その、昨夜のことは全部見ていたし、聞いていた。すまない」

「わーっ」

コウは間の抜けた声をあげた。昨夜の白姫とのやり取りを思い出し、彼は赤くなる。思わず、コウは頭を抱えたくなった。だが、その前で、ヒカミは必死に言葉を続けた。

「いや、大丈夫だ！【花嫁】と【花婿】の仲がいいのは実に結構なことだ！恥ずかしがる必要など何もないぞ。試験も十分に合格だ。胸を張りたまえ！」

コウより余程慌てて、ヒカミは言い募る。どうやら、随分と気を使う人柄のようだ。

なんとか落ち着いて、コウは頷いた。

「わ、わかりました。監視役、ありがとうございました」

「う、うむ。落ち着いてくれたなら何より……【花嫁】との契約は、いつも急なものだ」

突然、ヒカミは話題を切り替えた。

過去に何があったのか、彼は重い口調で言う。

「君も、戸惑うことも多くあるだろう。だが、『我ら【百鬼夜行】。已の【花嫁】と実力こそが全て』。安心してくれていい。試合を見る限り、君には【百鬼夜行】の適性がある……これから、共に精進していこう」

「あら、ヒカミ。先を越されてしまいましたか」

不意に、涼やかな声が響いた。コウは廊下の奥に視線を向ける。

ヒカミの背後から、嫋やかな女生徒が姿を見せた。昨日、説明に立った先輩、ミレイだ。甘茶の髪を揺らし、彼女はコウとヒカミを交互に眺める。悪戯に、ミレイは唇を尖らせた。

「私がもう一人の監視役ですよ。少し揶揄おうかとも思いましたが、今更野暮ですね……、挨拶を失礼しましょうか——カグロ・コウさん。改めまして、【百鬼夜行】へようこそ」

豊かな胸に、ミレイは手を置いた。少し頭を下げ、彼女は歓迎を示す。

柔和な笑みを浮かべながら、ミレイは続けた。

「強き者を、私は歓迎します。我ら闇に潜み生きる者なれば、実力は必要ですもの——同時に、我々は学生生活を送る者でもあります。肩の力を抜いて適当に楽しみましょうね」

「ミレイ君、緊張しすぎもよくないが。やはり、適当、というのはどうかと」

「全く、ヒカミは真面目すぎるんですよ。この人、いつもこうなんですよ？」

ヒカミの肩に手を置き、ミレイは微笑んだ。むむっと、ヒカミは眉根を寄せる。

二人の様子を見て、コウは思わず問いかけた。

「失礼ですが……先輩達は、もしかしてお付き合いをなさっているんですか？」

「私とミレイ君が、かね？　ハッハッハッ。面白いことを言う」

「天地がひっくり返っても、それはありませんねぇ」

揃って、二人は首を横に振った。ヒカミとミレイは、仲睦まじく見える。だが違うのかと、コウはやや驚いた。勘違いを、彼は謝罪する。別にいいですよと、ミレイは微笑んだ。

「己の【花嫁】以外を、伴侶に考える気はありません。ですが、ヒカミとは腐れ縁でしてね。私達はほぼ同時期に、【百鬼夜行】に入っています。長い付き合いとは言えますね」

「ミレイ君とは、互いに支え合ってここまで来たと言えるだろう。それは確かだ」

なるほどと、コウは頷いた。彼ら二人は、【百鬼夜行】に入って以来の友人関係らしい。

大きく頷き、ヒカミは言葉を続けた。

「私は【蜂級】、ミレイ君は【鬼級】だ。彼女の力に、助けられたことも数多い」

「ヒカミはこう見えて、利便性の高い能力を発揮します。【百鬼夜行】の中でも、多くの任務で活躍していますね。きっと貴方も、助けられることは多いでしょう」

「褒めすぎだ、ミレイ君。誰が教室一頑張る、健気な働き者さんかね」

「ふふっ、誰も言っていないんですよねぇ」

ヒカミはポーズを決めた。そこに間髪入れずに、ミレイがツッコミを入れる。

二人の親交の深さを、コウは改めて感じた。そのままを、彼は素直に伝える。

「お二方は本当に仲がいいんですね。少し、羨ましく思えます」

「我々も仲間だ。これからは親しくしてくれたまえ。それと、だ……同学年にも、いい学友が見つかるといいな……さて、普段の【百鬼夜行】についても少し教えておこうか」

「そうしましょう。コウさん、まずは食堂についてですが……」

続けて、ヒカミとミレイは、幾つかのことを教えてくれた。【百鬼夜行】の面々は基本的に気紛(きまぐ)れ——食事は期待してもいい——本日からは通常の授業もある——等々の情報だ。

長居するのも悪いからと、二人は連れ立って部屋を後にした。

お疲れ様ですと、コウは彼らを見送った。

扉を閉じ、彼は背を伸ばす。

これから、【百鬼夜行】での、コウ達(たち)の生活が始まろうとしていた。

終焉ノ花嫁

5. 束の間の平穏

時計が鳴る前に、『彼女』は目覚める。

その日、『彼女』はとても素敵な夢を見た。

愛しい人に、確かに会えた夢だ。


小さな唇に、『彼女』は微かな笑みを浮かべる。

やがて、『彼女』は体を曲げ、激しく笑い出した。夢は平和で、夢は幸福で、そして空虚だ。だが、あまりにも、『彼女』にとって優しくもあった。

だから、『彼女』は再び眠りに就くことにした。

もう一度、いい夢が見られることを願って。

愛しい人に、会いに行くことを望んで。

神様の夢は、他に変化を与える。ざわざわ、ざわざわ、闇は蠢く。尊い者の影響を受け、『彼ら』は集団で動き始めた。それに一切構うことなく、『彼女』は深く深く眠り続ける。


夢は平和で。

夢は幸福で。

そして、虚しい。

＊＊＊

「……はい、以上で【中央迷宮】における、現状確認された【キヘイ】の種類と【培養巣】の分布図、未到達地点の予測傾向の説明は終わり。ここ、特に図はテストにも出すから覚えておいてね？　って、あー、うん、やっぱり誰も座学は真面目に聞いてないね」

広い教室内に、カグラの声が響く。教卓の上には、魔導結晶で造られた小型のパネルが浮遊していた。そこには迷宮の地図と幾つかの光点が表示されている。だが、数名を除いて、ノートにそれを書き写す者はいない。あちこちから、非常にやる気のない声が応えた。

「聞いてまーす」

「耳には入ってまーす」

「大丈夫でーす」

「テスト全滅でも、実技はミスりませーん」

「まぁ『我ら【百鬼夜行】。己の【花嫁】と実力こそが全て』……だからね。戦闘さえこなせれば問題はないよ。でも、迷宮の情報は任務にも関係があるし、赤点の子には一応補講をやるからね！　嫌ならちゃんと覚えておくこと……って、もう時間か。休みだよーっ」

ベルの音が鳴り響く。教室内に休息時間が告げられた。瞬間、ガタタッと椅子を鳴らして、【百鬼夜行】の面々は立ち上がった。机を蹴り、階段を飛び越え、全員が扉を目指す。

「移動早いなー、もー」

カグラのぼやく声を聴きながら、コウと白姫(しらひめ)も共に動き出した。

「行こう、白姫」

「ええ、参りましょう」

本日は約束があるためだ。


ノートやペンを仕舞(しま)って、彼らは移動を開始する。

その先では思わぬ光景が、二人を待ち受けていた。


合成肉の分厚いパテを豪華に三枚。玉葱(たまねぎ)、木苺(きいちご)のソース、ピクルスをパンで挟み、ナイフで刺し、留(と)める。巨大で華麗な塔が完成した。最後に揚げた芋が添えられ、周囲を飾る。

実に、美味(うま)そうな一品だ。だが、質量も物凄(ものすご)い。

その作り手を前にして、コウは左右に視線を泳がせた。

「……えーっと、ヒカミ先輩、これは」

「木苺は本物だぞ。探索科が途中で見つけ、融通してくれた品だ。彼らに感謝するといい」

「じゃなくって、俺にはこれだけの胃の容量はないのですが」

「だから、だ。君は細いうえに体力が足りていない。まずは量を食べられるようになることだ。ちなみに、全部、私が厨房(ちゅうぼう)を借りて作ったものだから、安心して口にするといい」

「嫌だなんか恐ろしい」

「さりげなく実に失礼な奴だな、君は」

露わにされている右目を、ヒカミは細めた。言葉のわりに、彼の表情は怒ってはいない。

中央本部の中庭は広く、木々は幾何学的な模様を描いていた。その狭間には丸机が点在している。要人も休息に使うためだろう。互いには見えないように、配置がなされていた。

その一角にて、コウはヒカミに料理を振舞われている。

彼の傍では、ミレイがケーキをフォークでわけていた。一切れを刺して、彼女はツバキの口に運んだ。当然のごとく、ツバキは甘やかしを享受する。

次いで、白姫も口を開けた。満面の笑みで、ミレイは彼女にもケーキを与える。

並んで、ツバキと白姫はもぐもぐと食べた。二種類の声が唱和する。

「美味しい」

「美味しい」

「あぁ、もう、可愛らしいですねぇ。殿方と伴侶は虐めるに限りますが、女の子はとにかく甘やかすに限ります！　こうして、両手に花を飾れて、ミレイお姉さんは幸せですよ」

素晴らしい微笑みを、ミレイは浮かべた。己の頬に手を添えて、彼女は身を捩って悦ぶ。

『もっと』『もっと』と、ツバキと白姫はせがんだ。はいはいと、ミレイは優しく応える。

三人の間には花が咲いているかのようだ。

片や、ヒカミはゴゴゴッと気迫を放っている。

（この状況はなんだろう）

そう、コウは心から思った。

平穏な混沌が繰り広げられている。


ツバキとの決闘から、十数日が経過していた。


決闘以来、何故か、ツバキはコウ達の傍に出没した。

敗れたというのに、彼女はコウのことが気に入ったらしい。

ある日、コウはツバキに夕飯を盗られた。ヒカミに捕まった時、コウのサンドウィッチはツバキの口の中に消えていた。頬がリスのようになっていた、彼女の姿は記憶に新しい。かと思えば、まるで気紛れな子猫のように、ツバキはコウに寄りかかって寝息を立てた。

『コウはのんびりしているので、私にちょっかいをかけられるくらいが丁度いいのです』

そう言い放ち、ツバキは何かと悪戯を仕掛けてくる。

それを案じたものか、いつの間にかヒカミとミレイも、行動を共にしてくれるようになっていた。特に、ヒカミは、初日の挨拶の後から、何かと気にかけてくれている。

戦闘や生活について、彼は様々な助言をくれた。かと思えば、今日のように差し入れを振舞ってくれさえする。言い換えれば、やはり、ヒカミは根っからのお節介な性質らしい。

最近では、彼はコウの体型に文句があるようだ。

「君は勘がいい。白姫君との連携にも長けている。しかし、基礎体力に欠けるんだ。筋力は魔力の通し方次第で補強ができる。だが、最後は体力勝負だ。食事量は増やしたまえ」

と、言うことらしい。現在、彼は母親じみた威圧を見せている。

どうしようかと、コウはたじたじになりながら考えた。

再度、ミレイはケーキを丁寧に切る。ツバキの口にソレを入れ、彼女は紅茶まで飲ませてやった。続けて、ミレイはおっとりとヒカミを眺めた。穏やかな表情で、彼女は続ける。

「ヒカミは料理が趣味ですからね。振舞いたくもあるのでしょう。許して差しあげて？」

「ハッハッハ、誰が料理が天才的な気遣い屋さんかね」

「ふふふっ、誰も言っていませんねぇ」

にこにこと、ミレイは言い放つ。一方で、ヒカミは前髪を掻きあげたポーズを崩さない。そのやり取りは気安く、容赦がなかった。だが、相変わらず、親しさに溢れてもいる。

小首を傾げて、ミレイはコウの方へと続けた。

「だからね。できれば胃の限界を突破してでも、付き合って差しあげて？」

「無茶振りはお断りします」

「そこをなんとか、ね？」

「なりません」

「心配無用です、コウ。私が全部食べますから」

モッモッモッとケーキを平らげながら、白姫が器用に声をあげた。彼女の隣では、ツバキが頬をパンパンに膨らませている。最早詰め込みすぎて、ツバキの方は喋れないらしい。

呆れた様子で、ヒカミは白姫に告げた。

「君は【キヘイ】なのにやや食べすぎだ。少しは、私の愛妻を見倣うといい」

「ヒカミの【花嫁】というと……【斑の蛇】でしたか？」

「その通りだ」

白姫の問いに、ヒカミは応じた。軽やかに、彼は指を鳴らす。

ヒカミの周りに、蛇型の【キヘイ】がとぐろを巻いた。機械と肉の混ざった体表は紅と黒の斑に明滅している。【キヘイ】の【乙型】だ。だが、その気迫は【甲型】に劣らない。

ヒカミは己の【花嫁】の顎を撫でた。次いで、額に口づける。再度、彼は指を鳴らした。【斑の蛇】は姿を消す。当初、コウは気がつかなかったが、ヒカミは護送についた仮面の集団の中にいたと言う。そういえばカグラが肩に手を置き、逃げられた相手が、彼だった。

一連の様子を見た後、コウはヒカミに問いかけた。

「ヒカミ先輩は、己の【花嫁】を溺愛していますよね？」

「【婚姻】を結んだ以上、当然だと思うが……と言うか、だ。君もそうではないのか？」

「俺も、ですか？」

「傍から見ていると、相当甘く見えるが……違うのだろうか？」

ヒカミは小首を傾げた。彼は不思議そうに尋ねる。

すかさず、白姫が口を挟んだ。机をバンバンと叩きながら、彼女は訴える。

「ヒカミ、素晴らしいです。もっとコウに言ってください。コウは後五十三倍は、私のことを愛してもいいと思う。そうしたら、私は五百三十倍愛を返すので、二人がとても幸せになります。それは素晴らしいことだ。よいことしかありません」

「だ、そうだ。大事にしてやりたまえ」

何故か父親じみた表情で、ヒカミはコウの肩を叩いた。

自身の紅茶を傾けながら、ミレイが口を開いた。遠くを見るような目で、彼女は語る。

「私達の大半は【キヘイ】との交戦中、あるいは遭遇時に【婚姻】を結ぶことで、命を繋いでいますからね。【花嫁】がいなければ、既に死んでいる身です……恩人でもあり、己を愛してくれる存在を、愛しく思わないわけがありませんよ」

ミレイの言葉に、コウはやや驚いた。やはり、彼女達も、契約直前に、危機に見舞われる経験を通過していたらしい。同時に、その気持ちは、彼にもよくわかった。コウも白姫と遭遇し、命を救われている。そうして、此処にいた。だが、ツバキは事情が違うらしい。

【少女の守護者】の膝に頭を乗せ、彼女は口を開いた。

「私は少し違いますね。私は十歳の頃、正規兵の父の契約を受け継いで、【少女の守護者】と一緒に過ごすようになりました。そのせいで、殺されかけたことも何度もあります」

「殺さ、れ……？　そんなことが？」

愕然と、コウは尋ねた。幼く、ツバキは頷く。仕草とは真逆に、彼女は淡々と語った。

「【キヘイ】への一般民衆の恐れは、コウにもわかるでしょう。『共存派』とやらは別ですがね。奴らも奴らで頭がおかしい連中ばかりです……学園に収容されて、私は助かりましたがね。【キヘイ】よりも、人間の方が怖いです。奴らはちっとも可愛くない、愛らしくない、許し難い生き物です……私は、【キヘイ】との戦いには興味がありません」

はっきりと、ツバキは言い切った。彼女は小さな手を伸ばす。【少女の守護者】の硬い頭を、ツバキは優しく撫でた。明確な愛情を込めた口調で、彼女は語る。

「ただ【少女の守護者】と生きるために、此処にいます」

ツバキは人間に拒絶され、命さえ奪われかけたという。その人生は、壮絶だった。

何かを言おうとして、コウは止めた。ツバキの目は、簡単な慰めを拒絶している。

人生経験の浅い、コウが口にできることなどないだろう。

代わりのように、彼は教室の様子を思い返した。

【百鬼夜行】の面々は、【婚姻】相手の【キヘイ】と皆仲睦まじい。彼らは己の【花嫁】に愛を注いでいた。その様は、他の生徒達とは違う。

思わず、コウは疑問を吐き出した。

「先輩達は、何故【百鬼夜行】で戦っているのですか？」

「そうだな。君も所属する以上、理由は聞いておきたいものか」

深々と、ヒカミは頷いた。少し目を閉じ、彼は己の考えの整理を始める。

やがて胸に手を当てて、ヒカミは真剣に言葉を紡いだ。

「我々は、【キヘイ】の【花婿】となって以降、一般の学徒とは明確に違う存在になった。生きる場所は、此処にしかない。此処で生き、此処で死ぬ。それが【百鬼夜行】、我らの決意だ……それに、私は継続して、【キヘイ】との戦闘による死者を減らしたいと考えている。元は戦闘科の所属でな……【斑の蛇】との契約がなければ全滅していたが」

コウは瞬きをする。ヒカミが元戦闘科とは、意外な気がした。だが、確かに、『人に被害を出さないため』に戦うのは、彼らしい選択にも思える。再度、ヒカミは口を開いた。

「元は、部隊長を務めていた。詳細は……あまり、語りたいことではない、な。すまない」

ヒカミは言葉を濁した。首を横に振り、彼は無事な目を閉じる。祈るような仕草だった。

自然と、ミレイが後を引き継いだ。紅茶を掻き混ぜつつ、彼女はおっとりと言葉を紡ぐ。

「犠牲者を減らす方面には、私は正直興味がありませんね……私は名家同士の両親の確執によって、孤児となり、【研究科】の調査中に殺されかけ、【花嫁】に助けられました」

甘茶色の髪を、ミレイは意味もなく撫でた。己の境遇を語る目は醒めきっている。

【研究科】の調査中と聞き、コウは思わず掌を握り締めた。似たような惨事に、彼も遭遇している。【研究科】が強力な【キヘイ】と一度でも遭遇すれば、抵抗の術はない。

コウを労わるように、ミレイは頷いた。彼女は言葉を続ける。

「【私の信奉者】に愛されなければ、私も縦に割られていたでしょうね……だからこそ、私にとって大事なのは、『彼』と己の仲間のみ。私は、ただ【私の信奉者】や貴方達と、毎日楽しく暮らせれば満足なのです。生きる場所が此処にしかない――その思いと、この場所や平穏な時間を死守するための決意は、ヒカミと同じですがね」

ミレイは話を終えた。己の【花嫁】を踏みながら、彼女は穏やかな微笑みを湛える。

やはり、ミレイの顔には確かな愛情が滲(にじ)んでいた。

失礼かと思いながらも、コウは恐る恐る尋ねた。

「あの、先輩の……【花嫁】への愛情表現にも、何か理由があるのでしょうか？」

「いえ、こちらはただの趣味です」

「ただの趣味」

「性癖とも言いますね」

「よく、わかりました」

うん、とコウは頷(うなず)く。性癖のことは別だが、二人の話にはよく似た壮絶さがあった。コウは察する。【百鬼夜行】の者達(たち)は、皆それぞれに戦う事情や理由を抱えているのだろう。

同時に、コウは己の聞いた言葉を思い返した。

——我ら、誇り高き、【百鬼夜行】。闇に潜み、人に謗(そし)られる者。

——我らが【花嫁】と実力こそが全て。

（この学園は、【キヘイ】と戦うために造られた場所だ……存在しないクラス百、か）

【百鬼夜行】の教室は中央本部にあり、他生徒から隔離されている。

コウも含め、彼らは全員、学園内では異質な存在なのだろう。

ツバキ達の話を聞いて、コウは改めて理解した。

元々、コウは【白面(しらめん)】と呼ばれていた。だが、今や名実共に、彼は『得体の知れないモノ』と化したのだ。薄々わかっていた事実を、コウは正面から直視する。

（もう、アサギリやイスミとは会えないだろう）

【キヘイ】を【花嫁】とした以上、【百鬼夜行】しか生きる場所はないのだ。だが、コウは悲観的な気分にはならなかった。会えないのは寂しいことだ。だが、二人にとってもその方がいいだろう。また、彼の隣には、常に白姫がいた。彼女はコウの傍で微笑んでいる。

白姫がいる時、彼は胸の内の隙間が埋まるのを覚えた。

ふっと、コウは気がつく。彼は白姫に視線を向けた。応えて、彼女は微笑む。

自然と、コウは口を開いた。

「白姫」

「なんですか、コウ?」

「俺は【花婿】として、君を守るよ」

改めて、コウはそう告げた。彼の中ではいつの間にか、自然とある決意ができていた。

此処で、【花嫁】と共に生きていく。

寂しい顔も、悲しい顔もさせない。

当然のように、コウはそう決めていた。

「どうしたのですか、急に。でも、嬉しいです。とても、嬉しい」

「ちゃんと言っておかないと、いけないないと思って」

「私の方こそ、改めて誓いましょう。私は何があろうと、貴方のことを守ります。コウ、私は永遠に、貴方のために、貴方と共にあります」

力強く、白姫（しらひめ）は応えた。互いの顔を覗（のぞ）き込（こ）み、二人は微笑（ほほえ）み合う。

その隣で、ツバキは半目になっていた。一方で、ヒカミは深々と頷（うなず）いている。

「私達（たち）は、一体何を見せつけられているのでしょうかね」

「いや、【花嫁】との仲がいいのは実に結構なことだな！」

二人の言葉を聞きながら、コウは白姫の手を握った。想（おも）いを込めて、彼は頷く。

（やはり、白姫のいる日々は大切だ）

そう、コウははっきりと感じていた。

それに【百鬼夜行】での日常も、意外と穏やかに流れている。


さて、と、コウは目の前の問題に向き直った。

慎重に、彼は料理を切り分ける。メインの半分にフォークを刺し、コウは白姫の下へ運んだ。あーんと彼女は信じ難い大きさに口を開いた。もっしゃもっしゃと白姫は平らげる。

残りは、コウが自分の口へ運んだ。

むむむむっと、ヒカミは大きく眉根を寄せる。

「ううん、半分はちゃんと食べている。なかなか文句を言い難（にく）い行動と言えるだろう」

「美味（おい）しいです。ヒカミ先輩、ありがとうございます」

「あーん」

「ツバキ先輩、口を開けられましても、俺は何かを入れる気はありませんよ？」

「やはり、コウは可愛(かわい)くありませんね。反省して死んでください」

「理不尽だ」

知りませんよと、ツバキは拗(す)ねる。彼女は【少女の守護者(ドールズガーディアン)】の肩の上に移動した。そのまま、ツバキは器用に丸くなる。やはり、彼女の姿はどこか子猫のようだ。

白姫の口を拭いてやりながら、コウははいはいと応えた。

このように、日々は混沌(こんとん)としていた。だが、やはり、今のところは平穏に過ぎている。

戦闘訓練を除いては、だが。

＊＊＊

「はい、駄目ー。全然、駄目」

内臓がひっくり返るかと思った。

床に這(は)いつくばり、コウは喘(あえ)いだ。無様な彼の様子を見て、周囲から野次(やじ)が飛ぶ。

「弱い」

「間抜け」

「もう少しやれよ」

「いける」

「やれる」

と、のことだ。一部が、微妙に優しい。だが、基本は散々だ。

それを聞きながら、コウは起き上がれずにいた。彼の掌と足の甲は、刃に貫かれている。

コウは他でもない、白姫の羽根で縫い留められていた。

カグラを相手にした、戦闘訓練の結果だ。

他の誰かならば、コウはツバキと同様に対応が可能だった。だが、カグラ相手には無理だ。武器を取り上げられた瞬間すら、コウには認識できなかった。

気がつけば、刃は消えていた。その上で、四肢を貫かれたのだ。

つまらなそうに、カグラは歩き出した。彼はコウに刺さった羽根を掴み、次々と引き抜いていく。コウは悲鳴を呑み込んだ。続けて、カグラは傷口に治療魔術をかけた。

痛みが和らいでいく。背後の白姫の殺気も軟化した。彼女はカグラを睨みつけている。

白姫には構うことなく、カグラは言った。

「【幻級】なんだからさー。僕の三撃までは躱してもらわないと困るよ。ササノエ君は四撃まで躱したよ。以来、彼はずっと全授業をサボり続けてるんだけどさ、ハッハハッ」

「……どんな、化け物ですか……その人は」

「うん？『ただの化け物』だよ。で、君もソレになってもらわないと困るんだよ」

ガッと、コウは再度左掌を貫かれた。激痛に、彼は胃がひっくり返りそうな衝撃を覚える。白姫が前に飛び出しかけた。だが、コウは視線でそれを制止した。

一方で、カグラは深い溜息を吐いた。別に、理不尽な虐めというわけではないらしい。

「喋っている間中、僕はちゃんと殺気を出してたでしょ？　なら、躱してもらわないと。わざわざ、わかりやすくしてるんだからさ。気を抜かないで、意識の流れを読めば……」

「――――ッ！」

瞬間、カグラはコウの足に刃を投擲した。

今度は、コウはソレを別の一枚で弾く。

おおっと、教室中が僅かにどよめいた。ニッとカグラは笑う。更に、コウは彼の顔面に追撃で刃を投げつけた。指と指の間で、カグラはソレを受け止める。軽く、彼は頷いた。

「とりあえずはよし。これで一時お仕舞にしようか。はい、白姫君も動いていいよー。僕に攻撃したかったら、してもいいよー。全部返すけどね」

「白姫、終わりだ、おいで！」

コウは声をかける。瞬間、白姫はすっ飛んできた。ぽすっと、彼女はコウの腕の中に納まる。よーしよしよしと、コウはその背中を撫でた。喉を鳴らしながらも、白姫は訴える。

「コウ、不満だ。貴方を傷つけられながら耐えるのは不満だ。私は貴方の翼だと言うのに」

「心配してくれてありがとう。でも、俺は大丈夫だから。そんなに怒らないでくれ」

ガルルッと、白姫は唸った。彼女の頭を、コウは優しく撫でてやる。

ぴょこんっと、白姫は跳ねて喜んだ。実に素直な反応だ。しみじみと、コウは口にする。

「白姫はいい子だなぁ」

「コウ、もっとです。貴方はもっと、私を甘やかすべきだ。私は更に愛を返しましょう」

「わかった、わかったから」

白姫は更に飛び跳ねる。コウはその頭を撫でた。いつの間にか、こうした触れ合いも、二人の日常となっていた。頭を撫でたり、手を繋いだり、抱き着いたり、口元を拭いたり。

普段から、二人は唯一の家族のようにくっついている。

あれから夜も常に、コウと白姫は寄り添って寝ていた。

白姫に笑いかけながら、コウは思った。

(最初に『結婚した』と言われた時は戸惑ったなぁ)

だが、今では、コウは隣に白姫がいるのを、当然のように感じていた。その温かさは心地いい。彼女がいない空間は、さぞかし空虚だろう。そう、コウには思えてならなかった。

薄く記憶にある、時に言動の幼い、誰か。

それは彼女だったのではないかとすら、コウは考えている。

(昔から、『誰か』のことは朧げに覚えていた……だから、最近になって会った、白姫のはずがないのだけれども……白姫以外に考えられない、気もする)

白姫の傍にいる時だけ、コウは己の奇妙な空虚さが埋まるのを覚えた。それは、替えの利かない感覚だ。他の誰が相手でも、自身の隙間がなくなるとは、コウには思えなかった。

今も、白姫は彼の腕にぶら下がっている。だが、改めて、彼女は悔しそうな声をあげた。

「しかし、やはり、貴方を好きに傷つけられたのは許せません。一度くらい、この翼で頭を叩いてやりたいものですが……ぐぐぐっ」

「俺達の方が負けるから、落ち着いてくれ。よしよし」

未だに、白姫は怒りを示している。彼女の顎をくすぐり、コウは宥めた。

ぐぬぬぬと怒りながらも、白姫は口元を綻ばせる。

その時だ。不意に、カグラが両手を叩いた。普段、戦闘訓練終了後、彼は直ぐに教室を出る。だが、本日、カグラは教卓の後ろ側に回った。声をあげ、彼は全員の視線を集める。

「はい、注目ーっ！　こら、わざと目を逸らさない。隣の子とお喋りしない。こら」

「嫌でーす」

「閉店でーす」

「お断りしまーす」

「もーっ、君達ーっ！」

不満げに、カグラは頬を膨らませた。可愛くないから止めろと声があがる。

コウですら気づく程に、カグラの教室内での地位は低かった。彼は尊敬されている。だが、同時に邪険にされていた。教卓を叩き、カグラは不満を示す。生徒達は野次を返した。

だが、急に、カグラは纏う雰囲気を変えた。

一転して、彼は冷静に語り出す。

「【探索科】の【深層組】が消息を絶った。六年生のベテランだけで構成されたチームだ。【戦闘科】では、足取りを追うことも難しい。故に、【百鬼夜行】に捜索依頼が出された」

乾いた声が、教室内に響く。生徒達もまた、素早く空気を切り替えた。

当然のように、真剣な質問が飛ぶ。

「場所と深度は？」

「【中央迷宮】の【七】——【甲型】も出る難所だね。【キヘイ】との遭遇を極力避けられる探索ルートの開発中に、判断を誤ったようだ。緊急事態ではあるが、いつものこと。今回も恒例通り、新入りを交えて行ってもらう——白姫、コウ、いいね？」

「はっ？」

「【捜索】と【救出】。または【遺体回収】と【脱出】が任務だ。後は、君らに慣れた面々と、二度目の子に行ってもらおう。くれぐれも【百鬼夜行】の誇りに傷はつけないように」

コウは言葉を失った。彼は己の胸を指差す。

あまりにも、突然すぎる指示だ。

先史時代の遺跡になど、コウは——穴に落下した時を除いて——表層以外に足を踏み入れた経験はなかった。だが、断る術はないようだ。カグラの目を見れば、そうとわかった。

コウの不安を察したのだろう。隣で、白姫が元気に声をあげた。

「大丈夫です、コウ。私は常に共にある……ツバキ達も一緒らしい。何とかなるだろう」

「【人命は貴重ではない。が、得られる信頼は重い】——既に死んでいる可能性が高いけど、助けられれば恩も売れる。なるべく頑張ってあげてね。それじゃあ、」

カグラは嫌な顔で笑った。

それが合図であるかのように、ツバキ、ヒカミ、ミレイが立ち上がる。他に一名——二度目の子とは、彼を指すのだろう——口元を布で覆った男子生徒が続いた。

全員が、堂々と場に佇む。

パンッと手を叩いて、カグラは宣言した。

まるで、舞台の幕を引き開けるがごとく。

「最初の任務の開始だ」

終焉ノ花嫁

6. 初任務と逃走劇

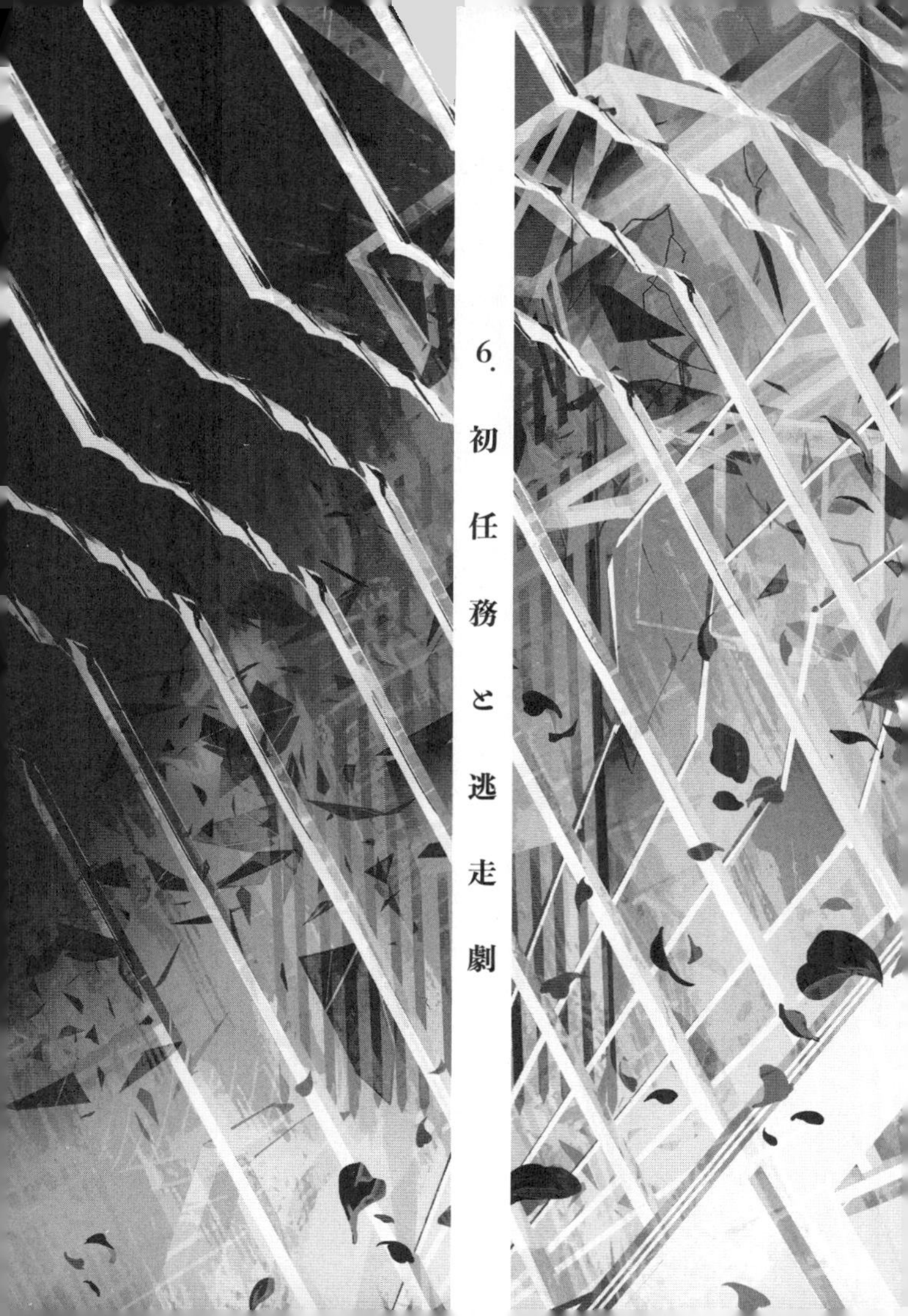

『彼女』は夢の中でさえも願う。

愛しく、切なく、空虚な夢で。

幸福で、寂しく、苦しい夢で。


ただ、会いたい。

愛しい人に、会いたいと。

神様の夢は波及していく。願望は他に、影響を及ぼす。ザワザワと闇は蠢き、奔り出す。

幾体もの【キヘイ】が行進する。行進する。行進する。行進する。行進する。行進する。

恐ろしい、群れとなって。

『会いたい』対象を求めて。


それでも、『彼女』は目覚めない。

闇は、吼えて。

『彼女』は眠る。

＊＊＊

先史時代の遺跡は、未だに多くの謎に包まれている。

だが、幾つかの遺跡に関しては、調査が進められていた。特に、【中央迷宮】と呼ばれる大規模な遺跡は、貴重な遺物も多く、【探索科】が集中的に攻略を試みている。

【探索科】の最も知名度のある目的は、遺物の発掘だ。だが、実は掃討可能と思われるポイントの見極めの方が、より重要度の高い任務だった。

【探索科】は随時遺跡を見て回り、【戦闘科】へ掃討可能と思われる場所の情報を提供、一定の安全性の保証された区域を確保し、探索用の足掛かりを広げている。

しかし、僅かでも判断を誤れば、即、死に繋がった。

【探索科】は未知の夢に溢れる科だ。だが、【戦闘科】に次いで死者は多い。

遺跡内――学園の壁の『外』の区画で、人は理不尽に死ぬ。

現在、カグロ・コウ達の前に落ちている遺体のように、だ。


最初の任務の結果は直ぐに出た。

コウ達は間に合わなかったのだ。


惨劇を前に、ヒカミとミレイは淡々と発言した。

「遅かった、か。しかも、遊ばれている。慣れはするさ。だが、何度見ても嫌な光景だな」

「死んでからならば無残さを悼む必要はありません。痛みは感じなかったでしょうから」

「……死後、一日以上が経過している。捜索依頼が入った段階で、手遅れだった……以上」

屈みながら、口元を布で隠した男子生徒は断言した。その言葉に、コウは少しだけ安堵する。彼らは遅れたわけではなかった。出た時には既に助ける術はなかったのだ。

(だが、それで犠牲がなくなるわけではない)

「……悩むだけ、無駄だね。僕はそう思う」

コウの方を見ないまま、男子生徒は言った。慰めてくれているわけではなさそうだが、独り言でもなさそうだ。彼の名を、コウはまだ聞けていなかった。ただ、等級は【蜂】とのことだ。髪は黒く、長い。口元を覆い隠して尚、中性的な顔立ちは整っているとわかる。

腐敗した腕を、男子生徒は地面の上に置いた。

コウ達の周囲には、切断遺体が散乱している。

魔導甲冑ごと、全てが細かく刻まれていた。

コウの足元には骨付きの肉と、歯の並んだ顎の一部、舌や臓器が転がっている。コウ達が【特殊型】に遭遇した時と、似た出来事が起きたようだ。

肉片の群れを、コウは無言で見下ろす。

ヒカミが遺体回収用の箱を開いた。沈痛な面持ちで、彼は語る。

「コウ君、気に病まない方がいい。初任務で災難だが、死者は助けようがないものだ。カグラも理不尽には怒らんさ……生者の義務だ。せめて遺体を持って帰ってやろう」

「ええ、わかっています……ただ、無理にでも間に合えばよかったな、と」

「馬鹿ですか、お前は。私達が教室内で話していた時には、既に死んでいたというのです。無理なことを語るのは馬鹿のすることです……つまり、馬鹿ですね、お前は」

可憐な声で、ツバキが無表情に囀った。今となっては、コウにもわかるようになっている。それが、ツバキなりの気の使い方だった。また、彼女は礼を言われることを好まない。

勿論、馬鹿でいいですよとだけ、コウは頷いた。

その場に、コウは屈んだ。ここまでバラバラにされた、遺体の全回収は不可能だ。運ぶ最中に、更に『混ざって』は目も当てられない。

事前に指示を受けた通り、コウは魔導甲冑の所有者番号の書かれた欠片を探した。その持ち主と思われる骨や肉を、共に梱包する。一つ一つを丁寧に、彼は箱へ仕舞った。

自分でも言葉のわりに衝撃を受けていない動きだと、コウは考える。

安心したとミレイは頷いた。彼女はコウが精神に打撃を受けないか、案じていたらしい。

黙々と、コウは作業を続ける。その隣に、男子生徒が屈んだ。

口元を覆い隠す布を、彼は引っ張った。くぐもった声で、男子生徒は囁く。

「……手伝う……君の周りの遺体は、特に損傷が激しい」

「ありがとうございます……名前を、聞いてもいいですか？」

「同学年だ。敬語はいらない……名前は作業には必要ないと思う」

口元の布を戻し、男子生徒は骨を拾い始めた。灰色の目は冷たく凪いでいる。えーっと、とコウは困った。左腕と甲冑の欠片を、コウは透明な袋に入れる。それから、彼は続けた。

「名前を知らないと、戦闘発生時、意思伝達に遅延が生じるかもしれない……一瞬の動きの停止が、死に繋がることもある……違うかな？」

「一理ある……僕はヤグルマ・ルイ……ヤグルマの方で呼んで欲しい」

「それじゃあ、ヤグルマ。ありがとう、手伝ってくれて……さっきの言葉も」

「感謝は、円滑な作業に」

「必要だと思う」

「……確かに、拒むのも馬鹿らしい」

表情を変えることなく、ヤグルマは応えた。話はできたと、コウは安堵する。

現場は酷い惨状だ。だが、こんな状況下でも【百鬼夜行】に、知人は増やせるに越したことはないだろう。特に遺跡の中では、互いに命を預け合う仲なのだ。

他の面々も、作業に取り掛かっていた。ヒカミとミレイだけでなく、ツバキも真剣に死体の梱包を続ける。時折、鼻を鳴らしながらも、彼女は翠の目を何度も祈るように閉じた。

しばし、無言の時間が過ぎた。

コウ達は何とか、【探索科】の人数分の遺骸を回収し終えた。

後は間違えていないことを祈るばかりだ。

その間、白姫はふらふらと辺りを歩いていた。見知らぬ他者の『死』に、彼女は興味も関心もないらしい。初めて、彼女の【キヘイ】らしい点が、覗いた気がした。

コウ達は【梱包作業】の成果を仕舞った。箱を閉じ、ヤグルマはぽつりと呟く。

「……ベテランの探索者の死亡は深刻な痛手だ。【キヘイ】を早く皆殺しにできるといい」

「えっ？」

　思わず、コウは聞き返した。ソレは意外な言葉だった。確かに目の前の光景は惨(むご)い。死者は還(かえ)らず、多くが泣くだろう。だが、【百鬼夜行】にとって、【キヘイ】は味方でもある。そのはずだった。コウ自身も白姫が【キヘイ】と聞いて以来、『人類の敵』へ向ける視線は、曖昧さを増している。だが、ヤグルマの考えは違うようだ。

　彼は口元の布を引き寄せた。大きく、ヤグルマは眉根を寄せる。

「……己の【花嫁】以外の【キヘイ】、だけどね……皆殺しにしたくはないのか？」

「いや、僕は……確かに、長い戦闘状態が終わればいいとは思っているけれども」

「なるほど……君も【キヘイ】への憎しみは薄いタイプか……【百鬼夜行】には多いね」

　肩を竦(すく)め、ヤグルマは更に口元を布へと埋(うず)めた。その言葉は【百鬼夜行】らしくはない。

　ハッと、コウは気がつく。ヤグルマは探索も二度目だという。恐らく、彼はミレイの言っていた【キヘイ】に強い憎しみを持つ、一般生徒は数多い。

　だが、実は白姫との契約以前から、コウの感情は定まってはいなかった。

　その曖昧さが薄々伝わり、イスミの怒りを買う理由の一端となってもいたのだろう。

　元々、彼は両親を【キヘイ】ではなく、人間に殺されている。

　研究科を選択したのもそのためだった。人類の敵とされている存在を、より深く知りたかったのだ。果たして、彼らが人間よりも恐ろしい存在なのかを、コウは確かめたかった。

それに、何故（なぜ）か、『深く知らなければならない』とも感じていた。

（……そのことが、自分の人生における義務のような気がしていた）

漠然とした衝動について、コウは口にしようとする。だが、その暇はなかった。

ぐっぐっと、ヒカミは腕を伸ばした。気合いを入れて、彼は指示を出す。

「君達（たち）、帰るぞ。行きは上手（うま）くいった。だが、帰りも同じとは限らない。死とは唐突に微笑（ほほえ）んでくるものだ。くれぐれも、気は抜かないように」

全員が頷（うなず）きを返す。遺体の入った箱を、コウは背負った。

彼らの前には【中央迷宮】の暗い道が、長く伸びていた。

＊＊＊

幸いにも、『道』自体は判明している。探索科が地図を残したから――ではない。

ヒカミの【斑の蛇（アンノウン）】の能力によるものだ。

「さぁ、私の愛（いと）しい妻よ――貴女（あなた）の力を、私のために魅せてくれ」

彼の言葉を受け、【斑の蛇】は細かく八体に分裂した。次々に、『彼女達』は姿を消す。

そのまま、【斑の蛇】は先行して進んだ。やがて、ヒカミは額を押さえながら囁（ささや）いた。

「一、二、四、六の道は駄目だ――行きに使った道にも、【甲型】が現れている――三、

五、七、八……この中なら、八が最適か。進むとしよう」
「ヒカミは【蜂級】ですが、能力の利便性だけならば常々【鬼級】を超えていますよねぇ」

「ハッハッハッ、誰が妻との連携が完璧な頑張り屋さんかね」

「ふっふっふ、誰も言ってないんですよねぇ」

相変わらずのやり取りが、繰り広げられる。

それが済むと、コウ達はさてと歩き出した。

遺跡の内部は暗い。だが、定期的に発光している壁があった。コウが入れられた【収監部屋】と同じ材質らしい。原理は不明だ。だが、おかげで灯りを出す必要はなかった。

盾として、【少女の守護者】が先行する。

偵察の甲斐あって、しばらくの間は穏やかな静寂が続いた。

不意に、【少女の守護者】は足を止めた。『彼』に倣って、コウ達も息を殺す。

自身の前面に、【少女の守護者】は巨大な壁を展開した。ガガガガガガッと音を立てて、そこに鋭い何かが無数に突き立った。全てを、壁は防ぎきる。後には大量の針が残された。

前方の視界を、ヒカミは【斑の蛇】に確認させた。一つ、彼は舌打ちをする。

「【特殊型】だ——私の妻の先行時にはいなかったな。徘徊しているとは珍しい」

「全く可愛らしくない相手ですね。嘆いてもしかたがないことです。ミレイ、任せますよ」

「そうね。通路は狭いし、相手は一体——【私の信奉者】が適切でしょう」

ツバキの言葉に、ミレイはおっとりと応えた。ジャラリと、彼女は鎖を引く。

縛られた【キヘイ】が、よろりと前に出た。『彼』は実に不安定な有様だ。だが、躊躇(ためら)いなく、ミレイは指を鳴らした。凛(りん)と、彼女は信頼に溢(あふ)れた指示を響かせる。

「解(ほど)いてもよくてよ——私を愛する者。真の美しい姿を、私に魅せてちょうだい」

ミレイの【花嫁】は細かく全身を震わせ始めた。『彼』の体から、ジャラリと鎖が落ちる。同時に、異様な変化が生じた。人型を覆(おお)っていた、膜のような物質も共に消えたのだ。

思わず、コウは目を見開いた。

中からは、人間が出てきた。

整った外見の蒼髪(あおがみ)の男性だ。痩身に、優しそうな顔立ちがよく似合っている。知的な好青年に見えた。だが、その眼球や手足は機械だ。コウは悟る。正確には、『人』ではない。

造形こそ美しいものの【完全人型】の【キヘイ】だ。

「ミレイ先輩の【花嫁】は【特殊型】ではなかったのか」

「あぁ、彼女の伴侶は【完全人型】だ」

コウの囁(ささや)きに、ヒカミが応えた。【少女の守護者(ドールズガーディアン)】は横に退(ど)く。滑らかに、【私の信奉者(マイ・キティ)】は走り出した。先程までの不安定さが嘘(うそ)のような速さだ。ヒカミは言葉を続ける。

「その実力は、多くの【特殊型】を上回る」

廊下の先へ、コウも視線を投げる。そこには全身に針を生やした、人の模造品めいた【特殊型】の【キヘイ】がいた。向かい合って、両者は一時停止する。

【私の信奉者】は足に力を溜(た)めた。敵の【キヘイ】は体表を膨らませる。

一斉に、相手は大量の針を放った。先程、【少女の守護者】に防がれたのと同じ攻撃だ。

無表情に、ミレイは低く呟く。

「――構え」

瞬間【私の信奉者】は足元の鎖を蹴り上げた。器用に『彼』はソレを空中で回転させる。

飛来した針を、【私の信奉者】は全て鎖で弾いた。手近に落ちた針を、『彼』は手に取る。

再度【私の信奉者】は地を蹴った。踊るような動きで『彼』は一気に天井まで奔り抜ける。

そのまま、【私の信奉者】は上空から降下した。

顔面を動かすことなく、ミレイは囁く。

「――打て」

【私の信奉者】は敵の頭部に着地、針で貫いた。前方に『彼』は体重をかけていく。めきめきと、耳障りな音が鳴った。敵の内部構造を、【私の信奉者】は上部から縦に破壊する。

コウは瞠目した。尋常な腕力ではない。

数度の痙攣後、敵の【特殊型】は動かなくなった。

後には、半分以上顔面を割られた、無残な残骸が倒れ伏した。

同時に、【私の信奉者】は脱力した。再度、『彼』の全身は膜に包まれていく。自動的に鎖が這った。『彼』は固く拘束される。元通り、鎖に縛られた人型が完成した。

ミレイは己の【花嫁】に駆け寄った。無邪気な少女のように、彼女は『彼』を抱き締める。戦闘を終えた【花嫁】に、ミレイは情熱的なキスの雨を降らせた。

「ねっ、ねっ、素晴らしいでしょう？　日頃、押さえているからこその、【完全人型】時の華麗な動きというものです。流石、『私を愛する子』ですね。愛しいこと、愛しいこと」

「相変わらず見事と言えるな。さて、進むとするか……いや、待て、これは」

「そうだ。ヒカミも気がつきましたか？」

ぴたりと、ヒカミは足を止めた。そこに、白姫が声を重ねる。死者の欠片が眠る箱を背負いながら、コウは何事かと彼女の方を見た。蒼く美しい目で、白姫は前方を映している。

瞳の表面に闇を捉え、彼女は言った。

「ヒカミ――広い場所に案内を頼みたい。今度は私がやります」

「あぁ、待ってくれ……三体目の進んだ道に行くのが適切だろう。こっちだ。走ってくれ」

「一体、何が」

困惑しながらも、コウは尋ねた。だが、誰からも返事はない。

無言で、白姫は彼の掌を取った。コウを連れ、彼女は駆け出す。

進むに連れ、周囲の壁は植物に浸食され始めた。水溜まりを踏み、コウは蔦を蹴る。

しばらくして、白姫は囁いた。

「【甲型】、【特殊型】、混合の部隊が迫りつつあります」

「部隊……そんな馬鹿な。通常時の【キヘイ】に集団行動の概念が？」

「普通はない。私もソレは知っています。だが、事実だ――その数だが」

白姫は速度をあげた。足がもつれ、コウは転びかける。彼の体を、白姫は横から浚った。

姫にするかのごとく、彼女はコウを抱き上げる。猛烈な速度で走りながら、白姫は続けた。

「およそ、百体」

ぐらりと、コウは眩暈（めまい）を覚えた。その数は、戦闘科さえ壊滅させて余りある。

否応（いやおう）なく、彼も気がついた。

遺跡の奥にて、本来起こり得ないことが起こりつつあった。

＊＊＊

途中から、コウ達（たち）の移動は『逃走劇』と化した。

複数の【甲型】及び、【特殊型】が、背後から迫ったためだ。

人を超える脚力で、『彼ら』は石壁を奔（はし）った。だが、攻撃は【少女の守護者（ドールズガーディアン）】が防いだ。

後方に、『彼』は幾度も壁を生んだ。砲弾や刃（やいば）を、【少女の守護者】は的確に阻止していく。

爆炎が起こり、背後へと流れ去っていった。

そのまま、コウ達は巨大な広間に突入した。

黒い鳥達が飛んだ。

コウは目を見開く。

日の光が、届いていた。見上げれば、高く、高く、七層先の地上まで縦穴が開いている。そのせいか、植物が多く繁殖していた。辺りは一面の緑で覆(おお)われている。何の目的で掘られた場所なのか、壁面には階段まで設けられていた。だが、それは半ばで崩れ落ちている。瓦礫(がれき)の上には、多数の鳥の巣が造られていた。

黒い羽根が、地面の上へと何枚か降り落ちる。

何よりも大事なもののようにコウを抱いたまま、白姫(しらひめ)は背後を振り向いた。

機械翼が、金色に輝く。

「――――フッ！」

突入してきた【キヘイ】に、彼女はソレを振るった。【甲型】が鉄屑(てつくず)と化す。コウを姫のごとく守りながら、彼女は敵達(たち)を屠(ほふ)っていく。だが、屍(しかばね)を越えて、新たな一体が迫った。

もう一つの出口からも、【キヘイ】は続々と現れ続ける。

縦穴の上からも、数体の影が姿を見せた。

ミレイとツバキは、真剣な顔で敵と向き合った。彼女達は己の【花嫁】に指示を飛ばす。

「私を守りきってね、【少女の守護者(ドールズガーディアン)】」

「私を愛し抜きなさい、【私の信奉者(マイ・キティ)】」

二体の【キヘイ】は、己の【花婿】の願いを守った。

多数相手に、巨人は一歩も引かない。無数の壁が築かれた。針や砲撃が着弾、爆発する。

更に【少女の守護者】は壁を動かし、何体かを纏(まと)めて潰した。次々と生体部品が飛び散る。

【キヘイ】の群れの隙間を、【私の信奉者】は剣士のごとく奔った。華麗な動きで、『彼』は次々と【キヘイ】の脚を切断、頭部もへし折っていく。だが、数を減らすには至らない。

【斑の蛇】は案内役だ。ヒカミは、『彼女』を安全な位置に下がらせた。

苦々しげに、彼は包帯を巻いた顔を引き攣らせた。

「どうなっているんだ。これだけの群れが一度に現れた報告は、戦闘科のデータベースにも滅多にない。何故、【キヘイ】達が集団行動を取っている？」

「何故でしょうね……僕達も、危ないと言えるかもしれません……ここは、出します」

ヤグルマは囁いた。彼は己の口元を隠す布を引く。初めて、ヤグルマは唇を覗かせた。

確かな愛しさを込めて、彼は言葉を紡ぐ。

「来い、僕の【花嫁】。この世で唯一、僕の口づけを受ける君よ。完璧にして至高の形、【炎の使徒】よ――奔れ」

ヤグルマが囁いた。瞬間、通路の奥から、紅い光が急接近した。

コウは目を見開く。視界に、炎が爆発的に躍った。

紅は疾走し、敵を撥ね飛ばす。

馬に酷似した、【甲型】の【キヘイ】だ。『彼女』の全身は、紅蓮の炎に包まれている。

ヤグルマの【花嫁】らしい。今までは距離を開けてついて来ていたようだ。炎の線を引きながら、『彼女』は敵を轢き殺していく。多数の生体部品が溶け、複雑な匂いを発した。

だが、やはり足りない。

【甲型】、【特殊型】を中心とした、百という数は伊達ではなかった。

（各【花嫁】が抑えられる数には限りがある……やがては押し切られるだろう）

冷静に、コウはそう判断を下した。その間にも、【キヘイ】の包囲網は迫りつつある。

コウ達の立てる場所は、じりじりと狭くなっていった。

やがて、彼らは穴の中央に追い詰められた。

周囲の空間は、様々な形状の【キヘイ】達で満たされている。

まるで蟻の大群だ。コウ達はその前に置かれた角砂糖だった。

後は、バラされるのを待つばかり、と言える。

「最後まで壁を築きましょう、【少女の守護者】」

次々と、ツバキは石壁を生んだ。彼女は一時的な避難場所を作成する。

ヒカミとミレイは、コウとヤグルマを後方に下がらせた。二人は自ら危険な位置に立つ。

コウの方が等級は上だ。だが、ヒカミとミレイは、後輩はもれなく庇う方針のようだった。

同時に、ヒカミは腕を組んだ。冷静な声で、彼は白姫に尋ねる。

「さて、君には考えがあるようだったが……どうするのかね、白姫君？」

「……………私は」

問いかけに、白姫は呟いた。彼女はコウに向き直る。白姫は、何かを躊躇ったようだ。

だが、彼女は周囲の【キヘイ】を見回した。各【花嫁】達の善戦もそろそろ限界が近い。

自由になる時間は、もう、ほとんどなかった。

決意した様子で、白姫は頷いた。

＊＊＊

「……コウ、一つお願いがあります」

「なんだろうか？」

「貴方の血が欲しい」

急な願い事に、コウは瞬きをした。この状況で言うべきこととも思えない。

彼は口を開き、閉じた。コウは白姫の様子を確かめる。じっと、彼女は彼を見つめていた。蒼い瞳はどこまでも冷静だ。だが、白姫は少しだけ目を細めた。

困ったように、彼女は先を続ける。

「その、私はこの状況を何とかしたい。だが、私の中にはまだ『不完全な点』がある。そこが、貴方の血を得れば一時的に埋まる気がするのだ……私が、目覚めた時のように」

ぐっと拳を固め、白姫は告げた。曖昧な言葉だが、彼女には一定の確信があるらしい。

だが、慌てて、白姫は首を横に振った。

「貴方には不快に思われても仕方がない。だから」

「いいよ」

「誠か？」

「当然だよ。欲しいのなら、俺の全てを、君にあげよう」

その返事は、コウの口からすんなりと溢れ出た。彼は不思議に思う。だが、やはりどれだけ探ってみても、それはコウの本心だった。欠片も、嘘偽りはない。

白姫は翼を、自身の存在を、彼にくれると常々口にしている。

コウは彼女に応えたかった。それだけではない。

（あぁ、――俺には白姫しかいないのか）

そこで、コウは気がついた。今までのことを、彼は思い返す。

知らないうちに、両親は殺されていた。だが、一人きりの時も涙は出なかった。子供の時から、彼は薄気味悪いと囁かれた。大人達は、彼のことを不気味だと称した。

学園でも、コウは【白面】と称される程度に、人からは浮いた存在となった。

カグロ・コウには感情の起伏が少ない。

そして、傍には誰もいないのだ。

そう語れば、嘘にはなるだろう。

昔ではアサギリと、現在は、ヒカミやミレイ、ツバキと親しくさせてもらっている。ヤグルマとも仲良くなれそうだ。だが、今まで、コウに真に近しい者はいなかったのだ。

（俺には、自分だけの誰かはいなかった）

だが、今では白姫がいる。

いると、コウには迷いなく口にすることができた。

それは温かいことだった。
とても、とても幸いなことだ。
他の【百鬼夜行】の者達も同じだろう。
己の【花嫁】の存在は別格だ。
ソレは愛しく、ソレは甘く、ソレは親しく、ソレは大切だ。
下手をすれば、己よりも。
だから、その言葉は、自然とコウの喉奥から零れ落ちた。

「信頼を、愛情を、運命を、君に――約束しよう、白姫。君のために君を守ると」

コウは誓う。躊躇なく、彼は自らの指を噛み切った。その血の一滴を、コウは落とす。
白姫の唇に、彼はソレを与えた。彼女は雫を受ける。
口づけの後のごとく、白姫は紅色を舐め取った。
瞬間、機械翼が爆発的に伸びた。
金属の腕が、貪欲に宙を奔る。
歓喜の声のように、電子音が鳴った。ソレは高らかに歓びを謳う。
宙に伸びた翼の間に、光と別のモノが奔った。中から蒼ではなく、黒の線が迸る。
コウは目を見開いた。今まで白姫が放ってきた蒼い光と、黒い闇は全くの別物だ。

ソレは縦横無尽に辺りを蹂躙した。全ての敵の上を黒が這う。

【キヘイ】は次々と切断された。爆発が連続する。

強烈な広範囲攻撃だ。

ソレを避けながら、ミレイとツバキ、ヤグルマの【花嫁】は撃退行動を取り続けた。だが、やがて、『彼ら』は動くことを完全に止めた。ヒカミとミレイは、強張った声で囁く。

「……凄いな、これは」

「ええ、本当に」

白姫の攻撃は、単体で圧倒的だった。

佇んだまま、彼女は全てを鎮圧していく。

その中心で、コウは初めて疑問を覚えた。

（【姫】シリーズとは……未確認の七体目とはなんなんだ？）

やがて、血の効果は切れたらしい。

白姫は攻撃を止めた。

羽根の形に変わった黒が、辺りに散った。

後には、【キヘイ】の百を超える残骸が転がっていた。

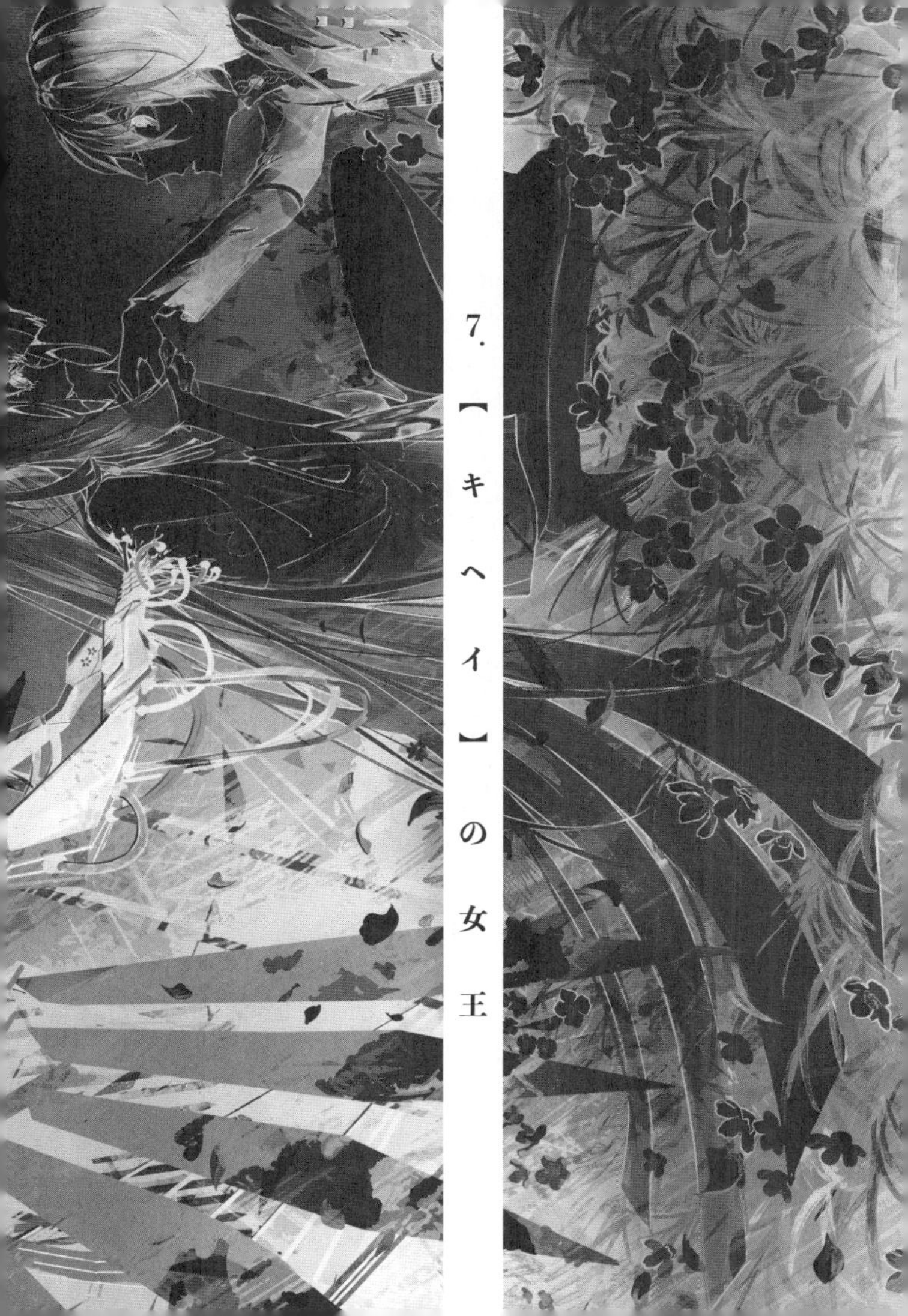

7.【キヘイ】の女王

ゴーンと、時計が鳴る。

Ding-Dongと、時計が鳴る。

ぼぉんぼぉんと、時計が鳴る。


退屈そうに、『彼女』は目を開いた。

剥き出しの肩に散った、長い長い黒髪が動く。

『彼女』は無数の時計の間から、身を起こした。鳴り響く音が、特に意味のない刻限を告げる。運命の日は、まだ先だ。だが、その中で、遂に『彼女』は立ち上がることを選んだ。

運命の日が近づけば近づくほど、『彼女』は動けなくなる。

己の望みを僅かでも叶えられるのは、今しかないだろう。

途端、傍に落ちていた、魚型の【キヘイ】が声をあげた。

『姫様ノオナリ！　姫様ノオナリ！　姫様ノ！』

「――うるさい」

指を鳴らし、『彼女』はソレを破壊した。だが、騒ぎは急速に波及していく。

周囲の闇――幾千という【キヘイ】達の群れがざわめいた。

姫様の御成りだ、尊き方の御成りだと。

歓喜の声の中、『彼女』は歩く。

その黒の目は重度の退屈に侵されていた。だが、足取りは浮かれている。

まるで愛しい人に、千年振りに会いに行くかのようだった。

＊＊＊

「【姫】シリーズとは、【完全人型】の【キヘイ】の中でも、卓越した実力を誇る者達だ。『彼女達』は特別でね……どうやら、先史時代の戦争のために、開発された存在らしい」

コウが質問すると、カグラはすんなりと応えた。意外なことに機密情報というわけではなかったようだ。むしろ、何故今まで聞かなかったのか、彼は不思議に思っていたらしい。

眉根を寄せ、コウは耳にした情報を繰り返した。

「……先史時代の、戦争？」

「あぁ、【姫】シリーズだけか。他の【キヘイ】もそうなのかは不明だ。ただ全部が先史時代の兵器である可能性は低くないだろうね。少なくとも、『上』はそう仮説を立てている」

与えられた情報に、コウは瞠目した。今まで、一切の謎とされていた、【キヘイ】の秘密の一端が明かされたのだ。だが、情報はあくまでも『仮説』の域を出ないという。

また、【キヘイ】が先史時代の兵器だとしても現状は変わらなかった。

戦わなければ、死ぬだけだ。

コウとカグラは、【姫】シリーズに関しての話を続ける。

「それで『彼女達』との契約に関してだけれどもね……」

現在は休み時間だ。

教室内では【百鬼夜行】の面々が好きに寛いでいる。

ヒカミは同級生数人を相手に、駒を使う遊戯で圧勝していた。ミレイは己の【花嫁】を足置きにして、本を捲っている。ツバキは【少女の守護者】の肩の上で器用に丸くなり、眠っていた。ヤグルマは腕をだらりと垂らし、机に突っ伏している。

教卓を、カグラは指で叩いた。独特の節を取りながら、彼は続ける。

「現在、僕達の中で【姫】と契約している者は教師二名、生徒——ササノエ君が一名。それだけだ。『彼女達』の情報提供により、確認された数は六体。ただし、五体目は破壊され、永久の『ロストナンバー』と化している……ちなみに全部機密情報だからよろしく」

「機密情報でしたか」

「【百鬼夜行】の面々は、全員が知っていることだけれどもね」

「機密の定義が緩いですね」

カグラは相変わらずだった。コウの言葉に、彼は飄々と肩を竦める。

だが、急にカグラは表情を切り替えた。真剣に、彼は低い声を出す。

「まぁ、君達は把握しておくべきことでしょう……【姫】シリーズの未確認だった七体目と、その【花婿】としては、ね。しかも、通称は【カーテン・コール】ときたものだ」

短く、コウは息を呑む。同時に、彼は気がついた。つまり、この世界に【白姫】について詳しく知る者はいないのだ。測るように、カグラは二人を見つめる。

「七体目については物騒な名称とカグロ・コウの【花嫁】であること。我々への敵対意思がないこと以外、上の者には何もわかっていない状態なんだよ。更に上の上の者は、幾つか記録を保持しているらしいけどね。『物騒な妄言』以外、真に詳細な情報は解除キーを設定の上、ロックされていて、誰にもわからないらしい。だが、危惧するには十分だ」

不意に、彼は声を凍らせた。カグラは冷たく、コウ達に告げる。

「……本来ならば破壊、または凍結処置が妥当とされる」

カグラの目は本気だった。コウは悟る。彼は嘘を語ってはいない。

最初のカグラとのやり取りについて、コウは思い返した。当時は大分ふざけた状況に感じられた。だが、実際は、コウ達の命は危うい天秤の上に乗せられていたらしい。

トンッと、カグラは教卓を叩いた。冷たい声のまま、彼は続ける。

「だが、白姫君の『処理』は困難を極めるだろう。僕が動けば話は早いが、今となっては『僕が動くこと』自体があってはならないことだ。また、我々は少しでも多くの戦力が欲しい。『万が一の例外とされる状況の発生に備える』ためにも、ね……故に、僕は君の所属を押し通した。しかし、だ。異様な事態が生じ始めている……わかるよね？」

「……先日の【キヘイ】の集団行動、ですか？」

「そう、基本、彼らは自動殺戮装置にすぎない。『部隊』を造ることはありえないんだ。結束の目的は恐らく君達だろう――これは、『出てくる可能性がある』と僕は踏んでいるね」

「出てくる？　何が、ですか？」

コウは尋ねた。だが、カグラは応えない。蒼(あお)と黒の目に、彼はただ笑みを刻んだ。

しばし、沈黙が落ちる。

遠くで、ヒカミは七人目の挑戦者にうっかりを披露していた。ミレイはぐりぐりと足の位置を調節しながら、読書を続ける。ツバキは【少女の守護者(ドールズガーディアン)】の肩から落ちかけ、大きな手にそっと支えられていた。びくっと動いた後、ヤグルマは安らかな眠りの中へと戻る。

やがて、カグラは不吉な表情のまま続けた。

「故に、君達(たち)には、しばらく【掃討完了地区】作成任務についてもらおうと考えている――条件は『異常事態発生時』に近い方がいい。君以外のメンバーも続けて同行させよう」

「待ってください。ヒカミ先輩、ミレイ先輩、ツバキ先輩、ヤグルマを巻き込みたくはありません。以前と同様の状況に陥るのならば、全員が無事に帰れるとは限らない」

カグラの提案に、コウは即座に返した。

百を超える数の【キヘイ】は、白姫(しらひめ)の尽力で撃退が叶(かな)った。だが、次も上手(うま)くいくという保証はない。例えば、【甲型】と【特殊型】ではなく、【特殊型】と【完全人型】の混合部隊に襲われれば、また話は異なった。その際は、早期の全滅すらもあり得る。

コウは視線で退(ひ)かないことを示す。

自分のせいで、ヒカミ達を危険に晒(さら)すわけにはいかなかった。

だが、先を読むように、カグラは掌(てのひら)を前に出した。有無を言わさず、彼は続ける。

「大丈夫だよ。僕も生徒を失いたいわけじゃない。君達にはとっておきをつけるから」

そうして、カグラは再度嫌な笑みを浮かべた。

安心させるようで、人を不安がらせる表情だ。


「――ササノエ君を、同行させよう」


それはカグラにとって最上の条件だったらしい。以降の異議を、彼は受けつけなかった。

教師の指示が下った以上、学徒に逆らう術はない。

かくして、コウ達は再度遺跡に潜ることとなった。

＊＊＊

【掃討完了地区】の作成方法は極めて単純だ。

近辺を行動範囲とする【キヘイ】を殲滅――及び【培養巣】を破壊すればいい。

【培養巣】とは、【キヘイ】の孵化器だ。

半透明で、人間の子宮に酷似している。個々は、蜜蜂の巣と同様の形状のケース内に仕舞われていた。中は、培養液で満たされている。そこに、数体の【キヘイ】が一定周期で己の体を分解、投入することで、新たな個体を増やしていた。

学徒には発見次第の破壊――と、可能ならばサンプルの採集――が義務づけられている。

だが、【培養巣】のケースは、異様に硬度が高い。

魔導甲冑を身に着けても、学徒には傷つけることすら困難だった。

一方で、【百鬼夜行】には別だ。殲滅も破壊も、サンプルの採集も、彼らには容易い。

また、コウは思い知った。

（特に、ササノエ先輩は別格だ）

最早、彼は化け物と言える。言葉は悪いが、コウはそう考えずにはいられなかった。

当の本人にも、人間離れしている自覚は少なからずあるらしい。

【百鬼夜行】のみの任務中も、彼は鴉の面を装着し続けた。コウ達に素顔を見せる気はないようだ。その姿だけでも、ササノエは人ではなく、精霊の一種めいて見える。

更に、彼の隣には、常に美しい【キヘイ】が寄り添った。

ササノエの【花嫁】――【姫】シリーズの三体目、【紅姫】だ。

彼女は銀の流動体の翼と紅の目、炎のような髪を持つ。服装は【花婿】と揃いの軍服だ。形に、加工や装飾を施してはいない。だが、色は両者共に朱ではなく、黒に変更していた。

死神めいた姿で、二人は破壊と殲滅を行う。

彼らに付き従い、コウ達はただ歩く。

すると、当然【キヘイ】に遭遇した。

今もまた、【特殊型】が前方に現れた。滑らかなヴェールに包まれた形状の者が、三体並ぶ。コウは目を見開いた。相当に、不運な状況と言える。だが、ササノエは格が違った。

彼は【花嫁】への指示すら必要としない。

ササノエは後ろの二体へ奔(はし)った。訓練を兼ねているのか、彼は複数の敵が出た際は必ず一体を残した。コウ達は対応を取り始める。最初に【少女の守護者(ドールズガーディアン)】が、壁を造り上げた。

「――私を守ってね、【少女の守護者】」

「まずは、【私の信奉者(マイ・キティ)】が動きます。白姫(しらひめ)さんは……」

その間に、ササノエの方では全てが終わっていた。

無言で、彼は腰に差した細身の剣を抜いた。中から金属の代わりに、銀の流動体の羽根が現れる。一歩踏み込み、ササノエは刃を振るった。瞬間、流動体は鞘(さや)へ戻される。

それだけで、終わりだった。

【特殊型】は切り裂かれ、再起不能と化す。

人の身で可能な斬撃ではない。

「……相変わらず、凄(すご)いですね。あっ」

その様を見ていたせいで、今回、ミレイの指示は遅れた。

【特殊型】は形状を変え、【私の信奉者】の蹴りを避(よ)けた。だが、白姫が蒼(あお)い光を放つ必要性はなかった。瞬間、特殊型は切り伏せられた。無言のまま、ササノエは刃を鞘に戻す。

後には、三体の残骸が転がった。

コウは思い知る。ササノエの強さは尋常ではなかった。

「ええっと、すみません、ササノエ先輩。今回もありがとうございます」

「…………」

礼を言い、コウは頭を下げた。だが、沈黙が返る。

彼の性質を知っているせいか、ミレイ達はあえて何も言わない。

探索中、ササノエは交流を拒み続けていた。普段、彼は独りで【掃討完了地区】を作成していると聞く。【紅姫】と共に【特殊型】【完全人型】の殲滅までをも行っているらしい。

他者との会話は好まないようだ。そう、コウは推測する。

【少女の守護者】の肩の上でゴロゴロしながら、ツバキがそれを肯定した。

「無駄ですよ、コウ。ササノエは基本的に話しません。以前、私はそいつの顔に猫の髭を描いたことがあります。しかし、そいつは全くの無反応でした。少しは驚けばいいものを、可愛くありませんよね。猫は可愛いのに、ササノエは可愛くない。そう思いませんか？」

「ツバキ先輩が命知らずなことをしていた」

「流石にそれは、私も驚くぞ！　止めたまえ！　金輪際止めたまえ！」

ヒカミが声をあげた。彼と視線を合わせ、コウは頷く。ツバキは恐れというものを知らなかった。頬を膨らませ、ツバキは子猫の威嚇のような姿勢を取る。

その会話の間も、ササノエは無反応だった。黙ったまま、彼は遺跡の奥へと進む。

コウは探索科から渡されていた地図を眺めた。ポイント周辺の【キヘイ】の殲滅は終えている。

後は【培養巣】を探し出し、破壊するだけだろう。

（本日も何事もなく、終わりそうだな）

そう考えながら地図を畳み、コウは懐に仕舞った。彼の隣には白姫がいる。

探索中、彼女はずっとは不機嫌そうな顔をしていた。それには理由がある。

当初、白姫は【紅姫】相手に、嬉々として交流を持とうと試みた。だが、拒まれたのだ。

【紅姫】には発声機能がついていないのかもしれない。あるいは無視をしているかだった。

後者と判断したらしく、以来、探索中、白姫は不満そうに黙っている。

彼女の頭を軽く撫で、コウは歩き出した。だが、くんっと腕を引かれた。首を傾げ、コウは後ろを振り向いた。そこで、コウは思いがけないものに出会った。

蒼い瞳が、苛烈に輝いている。

不吉に、白姫は前を睨んでいた。

コウは息を呑んだ。どうしたのかと、彼は問おうとする。直前、白姫は自ら口を開いた。

「コウ————来ます」

「来るって、前みたいな混合部隊が？」

「違う、違う、違う。そんなものではない！　私は……これを、知って……いや、違う！　知らない！　私は何も知らない！　こんなもの……なんだ？　これは、これはなんだ？」

激しく、白姫は体を震わせた。怯えるように、彼女は一歩後ろに下がる。白姫はササノエの背中を素通りし、前の広い道を見つめているようだ。そこには今何の気配も姿もない。

だが、白姫は大きな声で叫んだ。

「なんなのだ、こ奴らは！」

瞬間、ジャァアアアアアアアアアアアアアアアンッと、

暗闇の中に、『楽器が鳴らされた』。

＊＊＊

楽器が鳴る。

花弁が降る。

桃と紅と黒と白と金と銀が降る。

華麗に、

優雅に、

豪華絢爛に、色が舞う。

ジャァアアン、ジャァアアンと鐘が鳴る。

合間に、ほうっほうっと、息の音が響く。

高らかに旗が振られた。その色は紅だ。表面には何ら意味を持たない、紋章じみた落書きがされている。旗の下を、【キヘイ】が進んだ。獣型の、蛙型の、魚型の、蟲型の、人型の、様々な者達が独自の速度で歩く。それぞれの方法で足を挙げ、『彼ら』は回転した。

そのまま【キヘイ】達は、壁にぴたりと背中をつけて並んだ。

ぐらりとコウは眩暈を覚えた。

まるで、人間のような所作だ。

一斉に、【キヘイ】達は声を張りあげた。

「姫様ノ御成り、姫様ノ御成り、姫様ノオナァァァァァァァリィイイイイイイイイイ」

金属的な宣言が、宙を裂いた。

瞬間、パッと遺跡の天井が丸く消滅した。

日の光が、遠い地下へと円状に射し込む。だが、ソレは直ぐに黒く覆い隠された。

闇が降ってくる。その翼を戒める鎖が、途中で解け、消えた。

バサリと、漆黒の翼が羽ばたいた。

黒い、羽根が降る。

音もなく。静かに。まるで雪のように。

辺りに百と、千と、羽根が降り積もる。

その中心に、何かがとさりと落ちた。

黒く、白い存在が顔をあげる。

美しい少女だ。

黒い髪と目は夜のようだ。白い肌は雪のようだった。

『彼女』は繊細な意匠の黒のドレスを身に着けている。首には銀の鎖が飾られ、その先端は胸の谷間に消えていた。豊満な体は若く、瑞々しい。だが、『彼女』の目は異様だった。

全ての光を塗り潰すような、重い疲労と倦怠に満たされている。

まるで、千年を過ごした老人のようだ。

コウは目を細めた。不思議な懐かしさに、彼は襲われたのだ。

夜の中に佇む誰かの姿を、彼は思い返す。

(――だが、あれは夢だったはずだ)

首を横に振って、コウは緊張感を取り戻した。

何故、この少女が【キヘイ】の中心にいるのか、彼にはわからなかった。だが、そこで、ササノエが不意に口を開いた。初めて、彼は唇から言葉を溢れさせる。

「――――【千年黒姫】」

名が、呼ばれた。

黒く、白い少女は瞬きをする。獣のように身を屈め、ササノエは続けた。

「【キヘイ】の女王と、こんなところで相見えるとは」

そして、彼は低く嗤った。

＊＊＊

「……【キヘイ】の女王？」

呆然と、コウは繰り返した。初めて耳にする存在だ。だが、聞き返す暇はない。

瞬間、コウは何者かに襟首を掴(つか)まれた。猛然と、彼は誰かに引きずられる。振り向けば、ミレイだった。思わぬ腕力を発揮し、彼女はコウと白姫(しらひめ)をとっ捕まえ、全力疾走している。そのまま、ミレイは【少女の守護者(ドールズガーディアン)】の盾の裏側に滑り込んだ。

強制的に、コウの避難は完了させられる。

瞬間、怒声が飛んできた。普段の嫋(たお)やかさを投げ捨てて、ミレイは叫ぶ。

「何をしているのですか、貴方達(あなたたち)！　戦闘が始まるのは見ればわかるでしょう！　今までの【キヘイ】とは、相手の格が違います！　巻き込まれるか、足手纏(あしでまと)いになりますよ！」

「すみません、先輩！　後者は問題です！　後、白姫が巻き込まれるのは駄目だ」

「両方共問題だとも戯(たわ)け！　君が巻き込まれることを、我々が看過すると思うのかね！」

「その通りです！　申し訳ありません！」

「やはり、コウは馬鹿ですとも、この馬鹿！」

「そうです！　馬鹿でした！」

「……流石(さすが)に、僕にも庇(かば)いようがないな。己を大事にするのは常識だよ」

「そうだね！」

ミレイに続けて、コウはヒカミ、ツバキ、ヤグルマに次々と怒られた。反論のしようがない。面目ないと、彼は小さく身を縮めた。その間も、白姫は不思議な程に無言のままだ。

見れば、彼女は小さく震えていた。何故かはわからないが、今までになく、白姫は恐怖している。彼女は蒼(あお)い目を瞬かせた。何度も何度も繰り返し、白姫は首を横に振る。

「……私は、知っている……いや、知らない。知らない。なんだろう、怖い、とても」

ぎゅっと、コウは薄い肩を抱き寄せた。できるだけ、彼は白姫に身を寄せる。

彼女に、コウは大丈夫だと語り掛けようとする。その時だ。

「面白い。愉快だ。久々にな。全てが倦んで見えていた。痛快だ。漸くな」

囁き、ササノエは剣を抜いた。日の光を受け、銀の流動体が眩しく輝く。

抜刀の瞬間、既に、彼は複数の挙動を終えていた。

一つも、コウには目で追うことすら叶わなかった。

音を立てて、壁際に控えていた【キヘイ】達が斜めにズレた。『彼ら』は三つに切断される。残骸が通路に落ちた。【乙型】も【甲型】も【特殊型】も【完全人型】も一纏めだ。

大量の生体部品が散る。だが、【千年黒姫】に変化はない。

己の部下らしき者達が殺されても、彼女は退屈そうに前を眺め続けた。

再度、ササノエはくっくと喉を鳴らした。

コウ達は悟った。本気で、ササノエは楽しんでいる。

「――――【紅姫】！」

初めて、ササノエは己の【花嫁】を呼んだ。無表情のまま、【紅姫】は楚々と頷く。

大きく、彼女は翼を広げた。銀の流動体が蠢き始める。球体となって浮かんだソレが散弾のように、球が撃ち出された。残っていた、数体の【キヘイ】が蜂の巣にされる。

銀の雨の中、ササノエは走り出した。

無数に放たれる球体の隙間を、ササノエはただの人間の身で縫ってみせた。

彼は【千年黒姫】に肉薄する。

銀の剣の輝きが、コウには鋭さを増したように思われた。

瞬間、ササノエはソレを前に『撃った』。

散弾と等しい速さで、刺突が放たれる。

バサリと、【千年黒姫】は片翼を振るった。剣を受け止め、『彼女』は軽く払う。一旦、ササノエは距離を開けた。【千年黒姫】に傷はない。だが、ササノエは愉快げに囁いた。

「動いたな？」

「……………そうよなぁ。なんとなく、なぁ」

気だるげに、【千年黒姫】は囁いた。

『彼女』は喋れたのかと、コウは目を見開く。

その間も、【紅姫】は動き続けていた。痩せた胸元を、『彼女』はしなやかに前へ突き出す。舞のような動きで、【紅姫】は柔らかく体を曲げた。流動体の翼を、『彼女』は背中から切り離す。ソレを、【紅姫】は巨大な銀色の渦に変えた。全てを『彼女』は前方に放つ。

「────ほう」

僅かに感心したように、【千年黒姫】は声を漏らした。だが、その目は、やはり、見慣れた犬の芸でも眺めるかのごとく倦んでいる。流動体は、空中に渦を巻きながら猛進した。【キヘイ】の残骸を巻き込みながら、【千年黒姫】に銀色が迫る。

苛烈に渦は全てを呑み込んだ。

銀色は、何もかもを流し去る。

後には一体の【キヘイ】も残らなかった。

ただ、【千年黒姫】だけが座し続けている。

「はい、終わり、な」

ことりと首を傾げて【千年黒姫】は言った。やはり『彼女』には傷一つない。緩やかに【千年黒姫】は欠伸をした。再度、ササノエは口元を歪めた。微かに不機嫌に、彼は囁く。

「欠片も傷つかぬ、か。硬いわけではない。柔らかくもない。ただ通らぬ、か」

「――――そうさなぁ……どう、呼ぼうか……呼ぶべきか……うむ……坊」

【千年黒姫】は話を聞いていなかった。ふらりと、『彼女』は白い片手をあげる。【千年黒姫】は優しく人を呼んだ。ササノエ、のことではない。気だるく『彼女』はコウを指差す。

何が起きたのか、コウにはわからなかった。だが、確かに【千年黒姫】は彼のことを示し続けている。応えることなく、コウは息を殺した。やがて、『彼女』はもう一度囁いた。

「おいでや、坊。余と話をしよう」

それは、甘い、甘い、
毒の滲んだ声だった。

＊＊＊

「……何故だ。あの【キヘイ】は、コウのことを知っているのか？」

「わかりません、ね。ただ、応じてはならないことだけは察せられます！」

ヒカミとミレイが囁いた。二人は更に、コウのことを後ろへ押し込む。

コウは先日の夜に遭った存在に思いを馳せた。悲しそうな女性の姿を、彼は脳裏に描く。

（やはり、あれは夢ではなかったのか？）

その間も、白姫は何も言わなかった。ただ、彼女は縋るように、コウの腕を掴んでいる。

相変わらず、白姫の指先は細かく震えていた。ぎゅっと、コウは彼女の手を強く握った。

「どこにも行かないよ、白姫」

「……どうした、坊？　こっちにおいで」

【千年黒姫】は首を傾げた。艶やかな黒髪が揺れ、肩を滑る。首元の銀の鎖も揺れた。重い翼を動かし、彼女は前に出ようとする。だが、マントを翻し、ササノエが立ち塞がった。

「待て。お前の相手は私だ。違うか？　そのはずだ。そうだろう？」

「そう言われてもなぁ。お主では余に敵わぬしなぁ。【姫】も同じよ。諦めなんせ、な？」

穏やかに、【千年黒姫】は語った。まるで、幼子に言い聞かせるような調子だ。

断言された内容に、コウは息を呑む。

【姫】シリーズは、全ての【キヘイ】を超越した存在だ。ササノエはその【花婿】だった。

現在、【百鬼夜行】内で最強である者達を、【千年黒姫】は『格下だ』と言い切る。

瞬間、コウは目を見開いた。

ササノエの姿が掻き消えたのだ。

「――――斬」

空中に残像を刻み、彼は【千年黒姫】の顔に剣を叩き込む。だが、今度は、【千年黒姫】は翼さえ動かさなかった。肌で、『彼女』は刃を受け止める。

低く、【千年黒姫】は囁いた。

「温い、な」

滑らかな白肌に、銀色が触れた。

途端、ササノエの剣――――『流動体』は割れた。

水が凍りつかされ、壊されたかのような変化だ。

ササノエは息を呑む。何かに気づいたかのように、彼は後ろへ跳んだ。

その腹が裂けた。

ドッと、紅色が溢れ出す。

【千年黒姫】は微動だにしなかった。見えなかったわけではない。

実際、『彼女』は動かなかったのだ。そう、コウは判断した。宙に舞う羽根の生む、空気の流れだけで【千年黒姫】は人の体を切った。ササノエは腹を押さえる。出血量が多い。

だが、傷自体は深くはないようだ。彼は再び後ろへ跳ぶ。

甘い声で囁き、【千年黒姫】は前に出ようとした。

「さて、坊」

「行かせん」

ササノエは踏み込んだ。彼は割れた剣を振るう。

やはり、【千年黒姫】は抵抗をしなかった。彼女は白肌で、刃を受け続ける。負傷をしたまま、ササノエは戦闘を続行した。だが、どれだけ斬撃の筋を変えても、剣は通らない。

思わず、コウは叫んだ。

「ササノエ先輩！」

「わかっている。黙れ、愚か者が」

端的に、ササノエは応えた。【千年黒姫】の顔面に、彼は再度剣を叩き込む。やはり、『彼女』は避けることなく、受けた。瞬間、【紅姫】がササノエの陰から姿を現わした。

二対の翼を、【紅姫】は巨大な断頭斧のように振り下ろす。

【特殊型】ですら、塵屑と化す一撃だ。

だが、【千年黒姫】はソレをそのまま受けた。コウは察する。

(【姫】シリーズの全力の攻撃ですら……通らない)

【姫】シリーズは全ての【キヘイ】を凌駕し、【幻級】は全等級の上に立つ。つまり、今、【百鬼夜行】内に、【千年黒姫】を傷つけられる者はいないと、証明されたも同然だった。

苦みの滲む口調で、ササノエは認める。

「――――切れぬ。なれば、殺せぬ、か」

「そう、道理。その通り。わかったのなら、いい子と褒めよう。出直しておいで、な？」

【千年黒姫】は気だるげに語る。だが、【紅姫】は諦めなかった。

今まで、『彼女』は無言を貫いた。しかし、【姫】シリーズとしての矜持はあったようだ。

流動体の片翼で、『彼女』はササノエを強制的に下がらせた。もう片方の翼を、【紅姫】は素早く回転させた。加速を与えて、【紅姫】は鋭い斬撃を放つ。ササノエが低く制した。

「愚行だ、【紅姫】！」

「――――くどい」

僅かに、【千年黒姫】の目に濁った苛立ちが浮かんだ。ゆらりと、『彼女』は手を動かす。

白い指が宙を撫でた。幾百という、羽根が動いた。【紅姫】の体は、その全てに貫かれる。

【紅姫】は全身を震わせた。

緩やかに、【百鬼夜行】最強の片割れは崩れ落ちた。


***

ササノエは迷わなかった。彼は隙を晒しながらも地を蹴り、【紅姫】を抱き留めた。

細かく、『彼女』は痙攣している。ごふりと、【紅姫】は血を吐いた。白姫は呟く。

「まだ、自己修復が可能、でしょう……ですが、もしも、これ以上攻撃をされれば」

ことりと、【千年黒姫】は小首を傾げた。『彼女』は己の掌を見る。

何故か、【千年黒姫】は自分が何をしたのか、わからないような顔をした。だが、やがて、『彼女』は首を横に振った。柔らかく、【千年黒姫】は目を細める。紅く艶やかな唇を、『彼女』は笑みに似た形に歪めた。夢見るような調子で【千年黒姫】は呼びかける。

「坊、出といで。怖くはないよ。ほら、おいでや、おいで。話をしよう、な？」

ツバキが小さな体でコウの前に立った。【少女の守護者】の生み出した盾に触れ、彼女は外を睨む。ヒカミとミレイも並んだ。共に前に出ようとして、ヤグルマは下がらされる。

「どうしますか……コウさんだけを逃がすことはできるでしょうか？」

「私達だけでは難しいな……何かきっかけがなくては」

ミレイとヒカミが囁く。その前で、ササノエは更に後ろへ跳んだ。

彼は腕の中の【紅姫】に、何かを囁いた。小さく頷き、『彼女』は銀の翼を動かした。

無数の球体が、再度宙に浮かびあがる。今回は、一部がコウ達の傍にも現れた。

泡のような流動体は、震動を始める。

そこから、ササノエの囁きが響いた。

『認めよう。勝機がない。見えない。恐らく、アレには何も通らぬ。だが、隙は作れよう。作れぬ道理まではない。ならば、私が作る――――コウと白姫を連れ、逃走しろ』

コウは息を呑んだ。ここで、ササノエからも、自分の名が出るとは思わない。

慌てて、彼は問いかけた。

「そんな、ササノエ先輩は？　【紅姫】さんも怪我を！」

『想定内の返事は避けろ。人との会話は無駄ばかりだ。【紅姫】は傷ついた。それでも、この中では私が一番強い。お前達では無駄死にだ――【七体目】の希少性を優先せよ。他は護衛に当たれ。生きて、カグラの下へ届けろ』

ササノエは言い切った。その言葉には微塵の迷いもない。【紅姫】も彼の手を握った。

ミレイとヒカミは、真剣な顔で頷いた。

ツバキとヤグルマは、複雑そうな表情を浮かべる。

コウは白姫を見つめた。彼女は顔を上げる。白姫はコウを正面から見返した。彼女は彼の目を覗き込んだ。やがて、白姫は己の震えを止め、頷いた。花のように、彼女は微笑む。

穏やかに、白姫は語った。

「わかっています、コウ。貴方の運命は私のもので、私の全ては貴方のものだ。恥じる必要はありません。貴方の判断は正しい」

先程まで、彼女はひどく怯えていた。だが、己の恐怖を振り払って、白姫は告げる。

「私はそれを共に選べることを誇らしく思う」

「……俺は、君が傍にいてくれることを、何よりも嬉しく思うよ」

コウは深く頷いた。白姫の微笑みは優しく、美しい。噛み締めるようにそう思いながら、彼は彼女の言葉に、甘えることを決める。心からの愛しさを込めて、コウは礼を口にした。

「……ありがとう、白姫」

「礼の必要など。貴方がいれば、私には何一つ怖いものはありません」

具体的なことは言葉にしないまま、二人は思いを交わし合った。
その間にも、ササノエの声が時を刻み始めた。
『三、二、』
ぎゅっと、コウは白姫の手を握る。白姫も掌に力を込めた。
恋人のように、二人は指を絡ませ合う。
『――一』
瞬間、コウ達は手を繋いだまま飛び出した。
ミレイ達をすり抜け、二人は自分達を護る盾を後にする。
そうして、彼らは身を躍らせた。
【千年黒姫】――【キヘイ】の女王と呼ばれる、存在の前に。

＊＊＊

カグロ・コウは思う。
誰かの死を引きずるのは嫌なことだ。誰かの犠牲を負うのも嫌なことだ。
誰かを見捨てるのも嫌なことだった。
『そう、彼は知っている』。
血、骨、肉片、死体、炎、涙。

とても悲しそうな、誰かの姿。

そんなもの達と共に、『遠い昔から』理解していた。

だから、コウは飛び出した。

愛しい彼女と、一緒に。

この行動には、ササノエも流石に動揺したらしい。一瞬の沈黙後、彼は声を張りあげた。

「――――ッ！　愚か者共が！」

「申し訳ありません、ササノエ先輩！　いざとなれば、白姫を護衛し、【紅姫】さんを連れて、貴方に撤退を願います！　その方が絶対に適役だ！」

コウはそう告げた。ササノエならば、彼が危なくなろうとも白姫を守ってくれるだろう。

【キヘイ】の女王の前に、コウは着地する。だが、そこで、彼は思わず瞬きをした。

【千年黒姫】は一切対応を取らなかった。

ただ、『彼女』は呆気に取られている。

紅く艶やかな唇を、【千年黒姫】はぽかりと開いた。茫然と、『彼女』は沈黙する。だが、突然【千年黒姫】は激しく表情を動かした。美しい顔が複雑に蠢く。

一瞬、コウにはその感情がなんなのかを読み取ることができなかった。

【千年黒姫】は冷ややかな怒りを示した。【紅姫】攻撃後すらも、『彼女』が見せていた和やかさは、嘘のように消えている。【千年黒姫】は氷のような冷徹さを纏った。

「何故、坊？　なんで、そのようなことを？　逃げろと、今、言われたのであろう？　それなのに、何故？　我が身を省みないことを言って、……どうしてそんなことをする？」

ずるり、と、【千年黒姫】は一歩前に出た。黒い羽根を引きずって、『彼女』は進む。その頬を、幾筋もの雫が零れ落ちた。黒色の涙が、白い肌を汚して地面の上に流れていく。

【千年黒姫】は泣いていた。

機械翼を広げ、白姫はコウを背中に庇った。鋭く、彼女は声をあげる。

「近寄るな。コウは私のものです。話をしたいのならばそこから願います」

彼女の後ろで、コウは悟った。

【千年黒姫】は、

【キヘイ】の女王は、

（この生き物は壊れている）

同時に、その泣き顔を見ているとコウは頭痛を覚えた。ぐちゃぐちゃに頭を掻き混ぜられるかのようだ。悲しそうな誰かの姿が思い浮かぶ。様々な記憶の断片が翻っては消えた。

自分が何かを、忘れているような気になる。

彼が悩む間にも【千年黒姫】は泣き続けた。

「何も変わらない。いつもそう、いつもそうだ……あぁ、知っていた。わかっていたことだ。今更、何を……未だに、何を期待する？　ならば、……ならば、いっそ、この手で」

ブルブルと震えながら、【千年黒姫】は白い掌をあげた。

瞬間、彼女の姿は掻き消えた。

白姫の機械翼の傍を、嵐のように何かがすり抜ける。黒く、白い塊がコウに激突した。

ズンッと、コウは肩に衝撃を受けた。

「──カッ、ハッ」

「コウッ！」

白姫が悲鳴のように叫んだ。ミレイ達の声も遠くに響く。だが、詳細は上手く聞き取れなかった。コウの骨は砕けた。血管は破裂する。腕が捥げなかったのは奇跡に近いだろう。

【千年黒姫】の手で、彼は壁にめり込まされた。

何故か、泣きながら、『彼女』はコウを押し込み続ける。

「死ね……死んでしまえ。あぁ、それでいい。それでもう一度、もう一度」

【白姫】が駆け寄ろうとする。だが、彼女の動きは黒い翼に阻害された。コウを殺そうとしながら、【千年黒姫】は泣く。何故か『彼女』は子供のように悲しそうな顔をしていた。

殺意に対し、コウは恐怖を覚えなかった。ただ、彼は強烈に思う。

（──どうしてだよ）

何故『彼女』がそんな顔をするのかがわからなかった。潰される腕よりも、彼は胸の奥の方が痛んだ。多量の血が零れていく。その事実すらもどうでもいい。ただ、コウは──、

「なんで、……そんな」

「もういい……もういいのだ。また、今回も、う、ん？」

「そんな、悲しそうな顔をするんだよ！」

コウは『彼女』に泣き止んで欲しかった。

そのためにも、彼は冷静に足を振るった。

白姫が羽根を一枚取り外した。黒い翼の妨害の隙間を縫い、彼女はソレを放つ。

視線での指示を受け、白姫は羽根で、コウの『足裏を貫いた』。その先端を、彼は足と共に勢いよく振り上げる。【千年黒姫】の背を狙える位置だ。だが、目標は『彼女』ではない。ササノエにすら不可能だったのだ。コウの技量では【千年黒姫】は切れないだろう。

同時に、彼は叫んだ。

「白姫、今だ、おいで！」

「わかっている、コウ。私の羽根は全て貴方のものだ！」

コウの掲げた足の先に、白姫がもう一枚羽根を投げた。

二つの先端が触れ合う。込められた魔術は炎と氷だ。反発が起こる。

【千年黒姫】の背後で、爆発が生じた。

『彼女』の体の陰で、コウはギリギリ衝撃を躱した。

だが、片足は半ばまで持っていかれる。激痛を、彼は必死に呑み込んだ。白姫に治療をしてもらえば問題ない程度の怪我だろう。瞬間的なエネルギーの炸裂は、直ぐに収まった。

大量の黒い羽根が降る。舞台の幕が下りるように、それは地に積もっていく。

コウの予想通り、【千年黒姫】には傷一つなかった。

同時に、予想外の結果も待っていた。

『彼女』の腕の力は、微塵も揺らがなかったのだ。

これでは、逃げ出すことができない。

（だめ、か――）

コウは死を覚悟する。だが、【千年黒姫】は泣き止んだ。『彼女』の涙は止まっている。

なら、いいかとコウは思った。

何故か、それならいいやと思えた。

（君が、泣き止んだのなら――俺は、それで）

「――破ッ！」

瞬間、ササノエが踏み込んだ。

切れないと知って、彼は刃を振るう。ササノエは【千年黒姫】の首筋に銀を叩き込んだ。

彼の一撃を、【千年黒姫】は完全に無視した。だが、『彼女』はコウから手を放した。

よろりと、【千年黒姫】は大きく後ろへよろめいた。何度も、『彼女』は首を横に振る。

「あ、あぁ……連携の精度が違う、な……そうか、学んだか……そうした変化も、あるものか……そうか、よかった……これなら……これならば」

何故か、【千年黒姫】は声に歓喜を滲ませた。『彼女』は今までと別種の表情を浮かべる。

まるで幼子のように、【千年黒姫】は楽しげに笑った。

強い頭痛を覚え、コウは額を押さえた。

その間も、ササノエは攻撃を緩めない。彼は『彼女』の胸元に刃を突き出す。白姫はコウを確保、抱き締めるとナノマシンで再生を始めた。ミレイ達も、壁の後ろから飛び出す。

しかし、【千年黒姫】は全てに構わなかった。

上機嫌に、『彼女』は微笑み続ける。不意に、【千年黒姫】は悦びの声をあげた。

「これならば、もしや、私の下へ！」

バサリと、【千年黒姫】は翼を広げた。

黒い羽根が、雪のように降る。

空中へ、彼女は舞い上がった。

そうして、【千年黒姫】はコウ達の前から消えた。

＊＊＊

「やぁ、お帰り。報告はササノエ君からもらったよ」

コウ達が帰還すると、カグラはそう手をあげた。

じっと、コウは彼の胡散臭い姿を見つめる。

教卓の上に座ったまま、カグラは足を振っていた。やがて、彼は事もなげに続けた。

「――――【千年黒姫】に遭ったんだって？」

教室には、今、他に誰もいない。

現在、此処にはコウだけが呼ばれていた。

遺跡探索に赴いた全員は、散々、コウに怒ったり、忠告をした後、中央本部内にある自室へと帰還していた。特にササノエのあらん限りの罵詈雑言が、コウの耳には残っている。

『愚か者、戯け、愚者が、愚か者……この愚か者。愚か者が！』

コウは学んだ。ササノエは一度怒り出すと長く、語彙は少ない性分らしい。

【百鬼夜行】の教室に窓はなかった。だが、辺りには夜の静けさが満ちている。

コウはカグラと目を合わせた。彼は真剣に尋ねる。

「『彼女』は何なのですか？」

「【千年黒姫】は、【キヘイ】の女王だよ」

それはササノエも口にしていたことだ。だが、コウは【キヘイ】に女王がいるなど聴いたこともなかった。『彼女』の存在は異様だった。疑問と不満を、彼は口にしようとする。

その前に、カグラが応えた。

「【キヘイ】の王、女王は常に存在する。他の【キヘイ】も従う唯一の強者だ。だが、彼らは通常、動きはしない。【キヘイ】は基本群れることはないからね。王や女王は存在しているだけで、指導力を発揮することも、遺跡の表層に現れることもないんだ。故に、代ごとの存在が確認されること自体が稀。いわば、普段は御伽噺のようなものさ」

トントンッと、カグラは教卓を叩いた。物語るように、彼は続ける。

「今回の女王、【千年黒姫】は、ある日『急に現れた』かのように、存在を確認された。今まで、部隊との接触回数は二回。いずれも、偶然だったとのことだ。上の一部は『彼女』の正体を、【姫】シリーズ・ロストナンバーの五体目が再起動を果たしたものではないかと予測している。僕の予測については……秘密としておこう。上と、ある意味において大きな違いはない。今の問題は、『彼女』が自分の意思で、『出て来た』ことだ……しかも、君に害を及ぼした」

へらりと笑い、カグラはコウを指差した。ぎゅっと、コウは己の肩を抱く。

既に、何故か覚えた、死んでもいいという気持ちは消えていた。

白姫がいなければ、彼は二度目の死を与えられていたことだろう。

トンッと、カグラは教卓を叩いた。独特の節をつけながら、彼は謡うように言う。

「僕は予想していたが、本来は異常なことだ。【キヘイ】の集団行動、【千年黒姫】の襲来——さて、こうなると……次は何が起こるか」

不吉に、カグラは言う。思い当たることがあり、コウは顔を凍らせた。

「……まさか」

「うん、そのまさかだね」

コウの脳内に、ある『例外』が浮上する。

高度な魔導壁に学園は囲まれていた。【キヘイ】による不意打ちに遭う心配がない分、兵役があるとはいえ、学園は安全とも言えた。

——ある『例外』を除いて。

「そう、……来る、のかもしれない」

妙に穏やかに、カグラは微笑(ほほえ)んだ。一度、彼は目を閉じる。

最悪の予想を、コウも脳内で回した。ソレは【百鬼夜行】に入る前から、彼が何度も案じていたことだ。その事象を、カグラは声に出して語る。

「――【逢魔ケ時(おうまがとき)】が訪れるのかもしれないね」

最悪の予想を、カグラは落とした。

夜の教室の中、彼の声は反響して消えた。

8.【逢魔ヶ時】の予告

黒い、黒い、闇に閉じられた世界にて。

『彼女』は、時の訪れが近いことを知る。


ソレは、悲惨なことだ。

ソレは嘆くべきことだ。

ソレは辛く、虚しく、恐ろしいことだ。

それでも、『彼女』はソレを歓迎する。

ソレは逃れられないことだから、
今度こそはと願うしかなかった。

＊＊＊

「コウ、まだ足が痛みますか？　顔色が優れませんが？」

「ううん、違う。足はもう大丈夫だ。少し、考え事があって、ね」

白姫に尋ねられて、コウはそう応えた。

中央本部の自室に、彼は帰還している。

ベッドの上では、白姫が両足を畳んで座っていた。彼女の前に立ち、コウは先程カグラと交わした、不吉な予想を脳内で転がした。だが、首を横に振って、彼はそれを払った。

（今は休むべきだろう。考えても仕方がない）

白姫の隣に、コウは腰かけた。分厚いマットは衝撃を吸収する。

静寂が広がった。

やがて、白姫は口を開いた。

「【紅姫】は自己修復が可能だそうです。コウが危険を冒したおかげだ。よかったですね」

その微笑みに、コウは愛しい者を見る眼差しを注いだ。

改めて、窮地を共にしてくれた人に、彼は頭を下げる。

「ありがとう、白姫……あの時、ついて来てくれて」

「何を言うのです。私は貴方のものだ。ならば、ついて行かない選択肢はありませんよ」

白姫は胸を張る。だが、不意に、彼女は表情を変えた。白姫は穏やかな顔で囁く。

「……いいえ、少し、違いますね」

ふわりと、彼女は首を横に振った。白姫は、己の胸に掌を押し当てる。

蒼い目を輝かせて、彼女は堂々と語った。

「コウ、やはり、私は貴方の選択を誇りに思う。あそこで、ササノエと【紅姫】を守ろうとしたのは正しいことです。そして優しい判断だ。私は、そんなコウのことが好きです」

コウを仰いで、白姫は迷いなく告げた。

再び、彼女は花開くような微笑みを浮かべる。

「貴方は私の運命だ。だが、知れば知るほど運命よりも好きになります。本当ですよ？」

「そう、か……ありがとう、白姫。俺も、君のことを何よりも大切に思うよ」

危険に巻き込んでしまったというのに、白姫は優しかった。小さく、彼女は頭を突き出す。応えて、コウは愛しさを込めて、白銀の髪を撫でた。意識的に声に出して、彼は言う。

「俺にとっても、君は運命だ。君がいれば、俺には怖いことなんて一つもないよ」

それは、コウの本心だった。【千年黒姫】の前に飛び出した時もそうだ。

白姫と手を繋いでいれば、彼には恐れるものなどなかった。

彼女がいれば、コウにはこれから先も何かに怯えることはないだろう。

（そう、たとえ、【逢魔ヶ時】が訪れたとしても）

そこで、ふと、コウはあることが気になった。改めて、彼は尋ねる。

「白姫は……なんで、あの時、あんなに怯えていたんだ？」

「……それ、は」

【千年黒姫】の前で、白姫は激しく震えていた。彼女らしくもない行動だ。何か理由があるのかと、コウは心配の眼差しを白姫に注ぐ。だが、彼女は理由を口にしなかった。

ただ、白姫は目を伏せる。しばらく考えた後、彼女は首を横に振った。

「語、れません……私は彼女のことを知っていて……知らなくて……すみません。語りたくない……やはり、この感覚は、上手く言葉にできそうにもないのです」

「そうなのか……ごめん。無理はしなくていいよ」

　コウは手を伸ばした。今度は労りを込めて、彼は白姫の頭を撫でる。甘えるように、彼女は目を閉じた。その全身は白く、雪のようだ。どこか儚い姿を見ながら、コウは考えた。

（【姫】シリーズの、未確認だった七体目、か……そして、【千年黒姫】は破壊された、ロストナンバーである五体目が、再起動した存在とも予測されている）

　もしかして、【千年黒姫】には白姫と因縁があるのかもしれなかった。

　二人の色は白と黒だ。対となる存在として造られた、ナンバーなのかもしれない。

　どちらにしろ、嫌がっていることを、無理に聞き出すことはできなかった。

　彼はその頬を撫でる。ぽんぽんと白姫の頭に軽く手を乗せ、コウは言った。

「それじゃあ、今日はもう休もうか、白姫も疲れただろう？」

「ええ……貴方こそ、今日は大きな怪我をしたのだ。休んだ方がいいでしょう」

　案じてくれる言葉に、コウは頷いた。並んで、彼は白姫と横になる。

　もう、共に寝ることにも慣れきっていた。家族にするように、コウは白姫を抱き締める。

　彼女はコウの胸に頭を押しつけた。白姫は穏やかに目を閉じる。だが、寝つけないらしい。

　【千年黒姫】のことが気にかかるのだろう。もぞもぞと、白姫は体を揺らした。

　コウは瞬きをする。彼女の背中を抱き締める腕に、彼は力を込めた。

　だが、白姫の不安は収まらないようだ。落ち着きなく、彼女は動き続ける。

　少し悩み、コウは口を開いた。

「『夜の星々が君に謡うよ。朝の風が君を待つよ。よい夢が君を呼ぶよ』」

以前、ミレイがツバキに謡っていた子守唄だ。彼女の考えた曲だという。ツバキの頭を膝に乗せ、ミレイは綺麗な声で歌を紡いだ。真似をして、コウは拙く旋律をなぞっていく。

また、彼は一緒に手を動かした。節に合わせて、コウは白姫の背中をトントンと叩く。

彼女の動きは小さくなっていった。歌も終わりが近づいてくる。

「『おやすみ、いい子』。『君に幸いがありますように』」

全てを聞き終えると、白姫は意識を手放したらしい。小さく、彼女は寝息を立て始めた。

また少し、コウは悩んだ。だが、その頬に、彼は家族がするような口づけを落とした。

穏やかに微笑んで、コウは言う。

「おやすみ、白姫。良い夢を」

君に寂しいことも、悲しいこともないように。

そう囁き、コウも隣で目を閉じた。

＊＊＊

真夜中のことだ。

一度、コウは目を開いた。彼は室内の光景を見る。

窓からは、月明かりが降り注いでいた。

そして、銀色の中には、一人の女性が立っていた。

最初、コウは白姫かと思った。だが、違う。

黒いドレスを着た、女性だ。白い首筋には銀の鎖が輝いている。その先端は、豊かな胸の谷間へと消えていた。艶めかしい姿で、『彼女』はコウの眠るベッドを見下ろしている。

黒い髪と目は夜のようで。

白い肌は雪のようだった。

口を開き、コウは『彼女』の名前を呼ぶ。

「――……【千年、黒姫】？」

何故か、コウは『彼女』がいることに疑問を覚えなかった。ただ、不思議な懐かしさに、胸を満たされた。一方で、【千年黒姫】は寂しそうな目をコウに向けている。

『彼女』は口を開いた。己の胸元をぎゅっと押さえて、【千年黒姫】は言う。

「坊。本当は傷つけたくなどなかった。誰も。一人も……私はただ、坊と話がしたかった。一緒に、共に……時が、来る前に。一度だけ。それだけ、だったのだ。信じて、欲しい」

【千年黒姫】は悲しそうな顔をした。

昼間の歪さが嘘のように、『彼女』は必死に語る。

「……私が、どんなに壊れていても、それだけは」

何故、『彼女』がそんな顔をするのか、コウにはわからなかった。

だから彼は毛布を捲って腕を伸ばした。しかし、【千年黒姫】には触れなかった。『彼女』の姿は幻影だ。コウの掌は空を描く。だが、【千年黒姫】はその場から動こうとはしない。

「もう夜なのに、眠れないのか？」

コウは自分でもズレていると思うことを尋ねた。だが、半ば寝たままの頭では他の言葉は見つけられなかった。【千年黒姫】は僅かに迷った。だが、『彼女』は子供のように頷く。

泣きそうな顔で、【千年黒姫】は続けた。

「ここは寒い……ここは寂しいのだ……私はずっと、ずっと、一人だ」

「……『夜の星々が君に謡うよ。朝の風が君を待つよ。よい夢が君を呼ぶよ』」

静かに、コウは歌い出した。白姫を起こさない程度の声で、彼は旋律を紡ぐ。

【千年黒姫】は目を見開いた。『彼女』は唇を震わせる。コウはゆっくりと歌を続けた。

どこか遠くにいる、【千年黒姫】が眠れるように。

「『おやすみ、いい子』」

「『君に幸いがありますように』」

最後の一節は、【千年黒姫】が紡いだ。驚いて、コウは目を見開く。

「あれ……この歌……ミレイ先輩が考えたものなのに……君も知っているのか？」

【千年黒姫】は幼く頷いた。直後、首を横に振った。

黒髪が揺れた。蒼い輝きが微かにコウの目を撃った。

寂しそうに、『彼女』は微笑む。すぅっと、その姿は薄まり始めた。

夜の中に、『彼女』は消えていった。


後には、暗闇だけが残される。


やがて、朝が来た。

だが、部屋の中には、コウと白姫以外、誰もいなかった。

きっと、夢だったのだろう。

【キヘイ】の女王が、自分のところへ来るはずがない。

そうとしか、コウには思えなかった。

＊＊＊

「チェック」

「イカサマだ」

目の前に、ヒカミが王の駒を置く。

間髪を入れずに、コウはそう指摘した。

場所は、中央本部の中庭だ。青空の下、いつもの六人は好きに寛いでいる。

カグラとの会話から、何事もなく時は経っていた。

あれから、数カ月が経過している。

今では家族のように、六人は時を共にしていた。

ツバキが好き勝手をし、ヒカミが窘め、ミレイが微笑み、ヤグルマが後ろをついてくる。

白姫は常にコウの隣にいる。

そんな毎日が、過ぎていた。

現在、コウはヒカミと遊戯に興じていた。学園内で独自に発展した、陣取り競技だ。

駒の大きさもあり、イカサマは不可能と謳われている。だが、コウは終盤の展開に違和感を覚えた。机上に散った、狐や猫の形をした兵士の駒に、彼は疑惑の視線を走らせる。

包帯を巻いていない方の目を、ヒカミは細めた。愉快そうに、彼は笑う。

「その通り、イカサマだとも。なかなか、いい勘をしている。だが、そう指摘した以上、君はどこがイカサマかを証明する必要があるな。そこまでやって初めて、君の勝利だ」

「ちなみに、同じことを言われた際、私は面倒くさいので足蹴りで倒しました」

「ミレイ先輩が問答無用なことをしていた」

コウは呟く。嫋やかに、ミレイは微笑んだ。思わず、コウは背中を丸める。ミレイのヒカミへの対応は情け容赦がなかった。当時のことを思い出してか、ヒカミは首を横に振る。

「やれやれ、ミレイ君はやや乱暴にすぎる。そうは思わんかね？」

「……ちょっといいなって、僕は思います」

「ヤグルマ、待ってくれ。その反応は危うい」

　ガシッと、コウはヤグルマの肩を掴んだ。滑らかな頬を、ヤグルマは紅く染めている。

　最近、彼は積極的に人と会話をするようになっていた。いい傾向だが、今の反応はまずい。コウに言われ、ヤグルマはあっと呟いた。言い訳をするかのように、彼は慌てて囁く。

「勿論、一番は僕の【花嫁】だよ？　……決して、浮気じゃない」

「そこじゃない、そこじゃないから」

「あらあら、まぁまぁ、素質がありますねぇ。お姉さん、イイ子な殿方も大好きですよ？」

　うふふっとミレイは魅力的に笑った。怪しい雰囲気を察してか、白姫が反応する。ケーキに集中していたが、彼女は顔を跳ねあげた。生クリームを頬につけたまま、白姫は言う。

「むっ！　コウにはそうした『素質』とやらは皆無だ。巻き込むのは禁止です！」

「白姫待ってくれ。俺は巻き込まれないけれど……と言うか、君しか見ていないけれども、ヤグルマの方も駄目だ。やや危ない道しか待ってないから駄目だ」

　そう、コウは白姫とミレイを止めた。むーっと、二人は並んで頬を膨らませる。白姫の生クリームを、コウはぐいぐいと拭いてやった。甘やかしはいいものですと、白姫は喜ぶ。

　ちょっとした騒動の間も、ツバキは我関せずと【少女の守護者】の肩の上で丸くなっていた。日向ぼっこに、彼女は勤しんでいる。だが、のーんと伸び、ツバキは急に発言した。

「見てください。ササノエが歩いていますよ」

「うん？　あっ、本当だ。珍しいですね」

立ち上がり、コウは背伸びをした。珍しく、ササノエが庭園を横切っている。相変わらず、彼の顔は鴉の仮面で隠されていた。だが、隣に【紅姫】を伴ってはいない。どうやら、ササノエは教室へ向かっているようだ。用があって、カグラに呼ばれたのかもしれない。

木陰になっている机から、コウは離れた。わざわざ姿を見せて、彼は手を振る。

「ササノエ先輩ー、お久しぶりですーっ、大分前になりますが、あの時はありがとうございましたーっ！　あれから、怪我は大丈夫ですか？　【紅姫】さんもお元気ですか？　あれ、聞こえてないのかな？　ササノエ先輩ぃいいいいいいいいいいいいいいっ！」

「黙れ、愚か者が！」

「あっ、返事があった」

「凄い進歩ですよ、これは」

ツバキが感心した声を出す。更に、コウは手を振った。足早に、ササノエは立ち去る。彼のいなくなった後を、ツバキはしばらく見つめた。やがて、彼女はにぃっと笑った。

「これは、次に猫の髭を描いたら、反応がある予感がしますねぇ」

「止めてください」

「止めたまえ、金輪際止めたまえ！」

思い直すよう、コウとヒカミは訴える。むーっと、ツバキは不満げな顔をした。

さてと、コウは改めて盤面に向き直った。勝負の推移を反芻しながら、彼は目を細める。

恐らく、これもまたヒカミなりの訓練の一つだった。分析力向上のための課題といったところだろう。猫の駒の突飛な動きについて、コウは指摘をしようとする。

その瞬間だった。

荘厳な響きが、空気を震わせた。

ゴーンと、時計が鳴る。

Ding-Dongと、時計が鳴る。

ぼぉんぼぉんと、時計が鳴る。

やがて、沈黙が戻った。

痛いほどの静寂が、耳を満たす。

音の余韻の晴れた後、コウ達は完全に凍りついていた。彼らだけではない。学園全体が死者のごとく硬直している。誰もが息を殺し、先程、耳にした音を確かめようとしていた。

コウ達だけではなく、誰もが知っている。

中央本部に設けられた、大時計。

ソレが鳴らされるのは、ある『例外』の予告時のみだった。

中央本部内の【キヘイ】の全体観察器と予言師達が、試算を下した結果だ。

最初に、ヒカミが沈黙を破った。低い声で、彼は事実を囁く。

「――十日後に、【逢魔ヶ時】が来るぞ」

それこそ、学園の最も恐れるもの。

大虐殺の予告に、他ならなかった。

＊＊＊

一見して、学園は平和の中にある。

だが、カグロ・コウは知っていた。

戦闘科に望んで所属する生徒は、【キヘイ】へ強い復讐心を持つ者がほとんどだ。そして学徒と正規兵を八対二の割合で混ぜた軍は、定期的な戦闘を経て、四割が戦死を遂げる。

また、『例外』が生じた際には――――、

戦闘科の生徒の九割、全学徒の六割が殺害された。

それこそ十数年に一度起こる災厄、【逢魔ヶ時】だ。


【逢魔ヶ時】とは【キヘイ】の一斉侵攻を指す。

基本、『彼ら』は集団行動を取らない。だが、その時が訪れると、全ての【キヘイ】は

『同時に』、人間の虐殺に奔った。通常の行動範囲を大きく超えて、『彼ら』は遺跡を出奔、人間の群衆の棲む最も手近な場を一斉に襲撃する。

即ち、この学園を、だ。

『黄昏院』の最も重要な存在意義は、実はコレの侵攻阻止と言えた。

通常、学徒達の所属科の選択が自由な理由も、一定の安全や生活の質が保証されているのも、全てはこのためだ。だからこそ、今の今まで、学園は平和の中にあった。

「要は、普段いい暮らしをさせてやってるんだから、壁を務めて死ねってことだよね」

頬杖をつき、カグラは身も蓋もなく言ってのけた。

現在、彼は誰かの墓石の上に腰かけている。

場所は学園の裏手だ。周囲には、緩やかな丘が広がっている。

その上に、何千という墓が並んでいた。

晴れ渡った青空の下に、誰かの死の痕が佇んでいる。中には、花を手向けられている墓もあった。だが、殆どが放置されている。石の下には、実は骨すら入っていないものが多いと、コウは聞かされていた。死者を内部に抱えることもなく、墓だけが存在している。

その狭間に、【百鬼夜行】の生徒達、二十六名は思い思いに座っていた。

此処は他でもない――【逢魔ヶ時】による死者を悼んだ、共同墓地だ。

墓石の中の一つを椅子代わりにして、カグラは続ける。

「【逢魔ヶ時】という、【キヘイ】の異常行動が収まるまで、僕らは耐え抜くしかない。また、残念なお知らせがあります。『存在しない』クラス故に、公式記録は存在しないが、最も被害の大きい科は、常に我らが【百鬼夜行】だ。僕らが存在しなければ、一般学徒の死亡率は八割を超えている。【百鬼夜行】が全滅まで戦い、六割に抑えているわけだ」

残酷な現実を、カグラは口にした。

生徒達は神妙に頷く。特に、異議や不満は上がらなかった。

コウですらも、それを『当然のこと』と受け止める。

元々、【百鬼夜行】は最も過酷な戦闘に駆り出されるクラスだ。

【逢魔ヶ時】を宣告する鐘が鳴らされた以上、予測はついていた。そうでなくとも、学園の『外』で生きられる者などいないのだ。泣き叫んだところで、逃げられる場所などない。

運命を相手に、誰かが戦う他なかった。他の学徒もそれは同様だ。

加えて、【百鬼夜行】には自負があった。

——我ら、誇り高き、【百鬼夜行】。闇に潜み、人に謗られる者。

——我らが【花嫁】と実力こそが全て。

(ならば、恐れるわけにはいかない、か)

コウはそう考える。【百鬼夜行】の一員として、彼も顔を引き締めた。その時だ。

ふと、一人の女生徒が手を挙げた。はい、どーぞと、カグラは発言を許可する。

半ばどうでもよさそうな調子で、女生徒は問いかけた。

「せんせー、先生は前回の【逢魔ヶ時】を生き残ってるんだよねー？」

「そだよー。先生、最強だからねー？」

「最強の先生は戦わないのー？　で、それでなんとかなったりしないわけー？」

「残念ながら、それは無理です」

真剣に、カグラは応えた。当然だろう。【逢魔ヶ時】は、一人の手でどうにかできるものではない。そう、コウは頷いた。だが、彼の予想とは全く違う答えを、カグラは続けた。

「何度か語ったでしょう？　僕は派手に戦うわけにはいかない。僕があんまり活躍したら、それこそ『世界の位相がズレる』。そうなれば、被害は【逢魔ヶ時】どころでは収まらない。魚が空を飛ぶし、地面が海になるようなものだよ」

サラリと、カグラはとんでもないことを口にした。

どういうことかと、コウは目を見開く。だが、女生徒はそうだよねー、とだけ返した。

【百鬼夜行】内にて、カグラの事情は共通認識のようだ。もしかして、所属の長い者は、当該の状態に『なりかけた』様を目にした経験があるのかもしれなかった。

カグラの力について、コウは考えを巡らせる。そこで彼はある根本的な疑問に駆られた。

右斜め前には、ヒカミが座っている。彼の肩を叩き、コウは尋ねた。

「すみません、ヒカミ先輩。カグラ……先生の【花嫁】はどこですか？　今まで見たことがありませんが……先生二名が契約しているという、【姫】シリーズの一体でしょうか？」

「いいや、違うぞ。【姫】の【花婿】は別の先生だ……コウはまだ会ったことがなかったな。教師にも拘わらず、帝都の防衛に回されてしまっている方達が二名いる。【逢魔ヶ時】でも、帰って来られるか否かは厳しい線だな――カグラに、【花嫁】はいない」

「――はい？」

ヒカミの言葉に、コウは意表を突かれた。

カグラは最強の教師だ。彼に【花嫁】がいないとは、どういうことか。

「そこー、危機的状況で、人の噂話を堂々としないー。いや、いいけどさ。余裕がないより全然歓迎だけどね。ただ、本人に直接聞きなさいってば。ほらほら、此処にいるよ！」

座ったまま、カグラはパタパタとコートの裾を遊ばせた。

『それ止めろ』、『だから可愛くない』と、ある意味律義に野次が飛ぶ。

己の混乱を、コウは整理した。ササノエですら、剣に【花嫁】の力を借り続けている。

単独で、【キヘイ】と戦えるとは考え難かった。悩みながらも、彼は尋ねる。

「先生に、【花嫁】はいないのですか？」

「そだよー。コウ君は知らなかったね。僕、カグラの通称は【未亡人】だ……僕は己の【花嫁】を失った――正確に言えば、食べてしまったからね」

サラリと、カグラは返した。コウは絶句する。あまりにも意味を理解し難い言葉だ。

しかし、コウの反応に構うことなく、カグラは続けた。

「二人ね、食べたよ」

コウは混乱に叩き落とされる。『食べた』という単語は理解を超越していた。

ひらりと、カグラは片手を動かす。己の顔の前に、彼は人さし指を立てた。

内緒話をするように、カグラは囁く。

「これも機密情報だけど、教えておくね……【花嫁】と契約者は互いを捕食し、力を増すことができます。ただ、大概【花嫁】側は暴走、【花婿】側は不適応で死亡するから、相手が大切ならばやらないように――僕はやったけどね。君達の先輩には、『失敗例』しかいません。普通は、『確実に死ぬ』から気をつけてね――はい、終わり」

カグラは話を切った。コウの混乱は収まらない。彼は隣の白姫を見る。

（【花嫁】の捕食など、考えたこともなかった）

必死に、コウは込み上げる吐き気を堪えた。

同時に、彼はある事実を思い返した。

白姫は、コウの血を呑むことで力を増した。【花嫁】に『自分を喰わせる』ことならば、彼はカグラに言われなくとも、思いついたかもしれない。だが、逆は別だ。

その発想は、コウにとっておぞましすぎるものに感じられた。だが、今回もどよめきはおこらなかった。これも、他の【百鬼夜行】の面々は、既に把握している情報らしい。驚愕も反発も嫌悪も、昔に済んでいるのだろう。全てを呑み込んだ上で、彼らは此処にいた。

空気を切り替えるように、カグラは両手を叩いた。彼は話題を戻す。

「さて、我ら、誇り高き、【百鬼夜行】。闇に潜み、人に謗られる者。我らが【花嫁】と実力こそが全て――求められる限りは、応えるのが強者の義務だ」

真剣に、カグラは語った。幾人もの生徒が頷く。

まるで指揮者のごとく、カグラは腕を掲げた。青空の下に、彼は声を響かせる。

「死は迎えるべきではない。だが、戦いの果てに待つのは勝利か死だ。そう、我らは知っている。それでも、恐れずに進もう――我らの誇りは、そこにこそあるはずだ」

次々と、同意の声があがった。

何千という墓を前にしながら、恐れる者はいない。

自身の座る墓石の表面を、カグラは踵で叩いた。全員の顔を見回し、彼は告げる。

「くだらないと思う者は、【百鬼夜行】の名を捨てて、逃げたまえ。追いはしないとも」

「冗談」

「ふざけるな」

「甘く見るなよ」

「我ら、【百鬼夜行】」

「【花嫁】と実力こそが全て」

揺るぎなく、学徒達は返した。その声には、確固たる力強さが含まれている。

全員の姿を、コウは見回した。

ヒカミは片目を細めている。ミレイは微笑んでいた。ツバキは欠伸をしている。ヤグルマは真剣に前を睨んでいた。ササノエの顔は見えない。だが、皆に怯えの色はないようだ。

反応こそ様々だ。だが、全員の答えに違いはないようだった。

コウは手を伸ばす。微笑みを浮かべ、白姫（しらひめ）は応えた。二人は強く指を絡ませ合う。

彼らも【百鬼夜行】の面々と同じ気持ちだった。

共にいれば、二人には怖いものなど何もない。

己の生徒達の反応に、カグラは頷いた。あっはっはと、彼は楽しげに笑う。

「よし、決まりだ。皆で殺し、殺されようとも！　我らの力の続く限り」

「無論」

「当然」

「誇りに懸けて」

「それでこそ、私達に他ならなければ」

次々と堂々たる声が応えた。

コウは思い知る。

学園が絶望に沈む中、この場所には希望があった。

だが、それは生存を信じるものではない。

死への絶望よりも強く、人の誇りが輝いていた。

＊＊＊

「……コウ、少し、時間をもらえないだろうか？」

墓地での『特別授業』後のことだ。

白姫（しらひめ）に恐る恐る、コウは誘われた。

現在、【百鬼夜行】の面々は教室に戻っている。

十日後の【逢魔ヶ時（おうまがとき）】発生が予告された以上、通常の学徒の混乱と嘆きは大変なものとなっているだろう。だが、中央本部へ騒動は波及していなかった。

教室は、愉快に賑（にぎ）やかだ。

【百鬼夜行】の面々は、全員が揃（そろ）って戦闘訓練に勤（いそ）しんでいる。

【逢魔ヶ時】までに多くが【花嫁】との連携精度の向上を図っていた。

【百鬼夜行】の戦闘において、主力を成すのは【花嫁】だ。【花婿】は足を引っ張ってはならない。そのためにも、同期性を高めることは必須課題だ。特に【花級】、【蜂級】に、【鬼級】が稽古をつけている。時折、吹っ飛ばされた者が宙を舞った。

前回の資料を広げ、対策会議を開いている者達（たち）もいる。中にはササノエも参加していた。

だが、通常授業は停止中だ。

つまり、出かけることは自由だった。

不安そうな顔で、白姫はコウを見上げる。コウは少し屈（かが）んだ。彼は彼女と目線を合わせる。手を伸ばし、コウは白銀の髪を撫（な）でた。心からの笑顔を浮かべて、彼は白姫に告げる。

「あぁ、いいよ。当然だろう？　俺の時間は、いつだって白姫のためにあるようなものなんだから。欲しいのなら、いくらでもあげるよ」

「私だってそうだ！　いや、それでも……ありがとう。貴方と共に、行きたいところがあるのです。一緒に来てくれるだろうか？」

そっと、白姫はコウの手を取った。二人は指を絡ませ合う。しっかりと、コウは頷いた。

そこに、横からヒカミの声が飛んできた。

「【花嫁】と【花婿】が互いを大事にするのは、誠に結構なことだがね！　緊急時故に門限を破っても構わないとは思うが、夕飯はとること！　忘れないように頼むぞ、おっと」

「ヒカミ！　母親か父親かわからないことを言っていないで、自身の訓練に集中なさい！戦闘面の技術も磨かないと簡単に死にますよ！　後、野暮です！」

【私の信奉者】と共に、ミレイはヒカミと【斑の蛇】を追い詰めていく。ミレイの回し蹴りを、ヒカミは危うく受け止めた。いってらっしゃいっと、ミレイはコウ達に片目を瞑る。

その隣で、ツバキがうんうんと頷いた。【少女の守護者】の盾の陰で、彼女は呟く。

「進展の気配がしますね。ツバキにはわかります。絡むと馬に蹴られて死ぬのです」

「……行っておいで。ただ、夜は冷えるから、遅くなるなら厚着をした方がいいよ」

ツバキの隙を窺いながら、ヤグルマが言った。【炎の使徒】は室内では全力を出せない。

そのため、彼は火力調整のついでに、消耗を避ける戦闘方法の模索も行っているようだ。

だが、そこで、ヤグルマは不意にあっと口を開いた。片手を挙げて、彼はツバキを止める。

「ちょっと待ってください、ツバキ先輩、ぶっ」

「あっ、やってしまいました。ツバキは急には止まれないのです。悪いことをしましたね」

壁に顔を叩かれ、ヤグルマは座り込んだ。今のは直撃だった。

慌てて、コウはヤグルマに近寄った。彼の隣に、コウは座り込む。

「ヤグルマ、大丈夫か？」

「も、問題ない……それよりも、だね」

痛みに震えながらも、ヤグルマは顔をあげた。どうやら、ツバキも加減はしていたようだ。鼻血は出ていないし、歯も折れていない。それを確認し、コウは胸を撫で下ろした。

その前で、ヤグルマはごそごそと己の懐を探った。彼は何かを取り出す。

「これを君に」

「これ、は？」

渡された物を、コウは見た。耳に飾る、美しいイヤリングだ。精緻な銀細工の中心には、魔力の籠った蒼い宝石が嵌められている。全体の形は、花を模しているようだ。

一体、何故と、コウはヤグルマとイヤリングに交互に視線を向けた。

短く、ヤグルマは頷いた。彼は渡した品を指し示して言う。

「装飾品に見えるが、少し違う。先史時代の通信装置だ。以前に、危ないところを助けた探索科の生徒から貰ったんだ。中に血を入れた相手と、所有者はいつでも会話ができる」

「そんな、貴重な物じゃないか……なんで」

「僕の【花嫁】は【炎の使徒】だ。使わないから、君にあげよう。戦闘時の伝達にも有利

なはずだし、……渡せば、普通に喜ばれる、と思う」

白姫に視線を投げ、ヤグルマは声を殺した。素早く、彼はコウに顔を戻す。

ガシッと、不意にヤグルマはコウの肩を抱いた。彼は息を吸い込み、吐く。

同学年らしい力強さで、ヤグルマは言った。

「デート、頑張れ！」

「ありがとう。頑張る！」

思わず、コウも勢いに釣られて応えた。二人はぐっと拳を固め合う。

この時、ヤグルマとコウの間では、不思議な一体感が生まれていた。

ありがとうと、コウは改めて礼を言った。彼は白姫のところに戻る。

ヒカミが、ミレイが、ツバキが、ヤグルマが二人を見る。

繋いだ手を、コウと白姫は高々と掲げた。

「皆、ありがとう、行ってきます！」

「うむ、一時、失礼する！」

白姫に連れられ、コウは駆け出した。

戦意に沸く教室を、二人は後にする。


かくして、コウ達は遺跡の中へ入った。

9. 花嫁と花婿の約束

十日後だ。

十日後に、運命の時は来る。


同時に、『彼女』は己が夢を見ることができた理由を悟った。それは勝手に、『彼女』の願いを『ある形』で実現させたのだ。運命が近づくに連れ、溢れ出した魔力のせいだ。それを知った後、『彼女』はもう夢を見ることは願わなかった。独り、『彼女』はその日を待つ。震えながら、『彼女』は自身の支えとして記憶に縋った。

彼と会えた、短い時間。

それだけを胸に、『彼女』は耐える。

もう少しで、
もう少しで、
きっと全てが変わるから、と。

＊＊＊

「なんで、ここに？」

到着後、コウは真っ先に尋ねた。困惑した顔で、彼は辺りを見回す。

【逢魔ヶ時】予告の混乱に乗じて、学園を抜け出すのは容易かった。門には大勢の学徒が群れていた。だが、白姫の翼で壁を越えたのだ。外へ出れば、遺跡への侵入も簡単だった。外出はとても上手くいった。だが、そういう問題ではない。

まさか目的地が遺跡とは、コウも予想しなかった。

遺跡の中でも、此処には特に覚えがあった。コウと白姫が初めて会った場所の、地上部分だ。彼の問いかけに、白姫は自身の胸に手を押し当てた。躊躇いがちに、彼女は応える。

「コウ、前にも語りましたね……私には、欠けていると思う部分がある。【逢魔ヶ時】を、私達は何とかして生き残らなくてはなりません。親しい者達にも、死んで欲しくはない。今こそ、全機能を活かさなくては……故に、私は『私の欠け』を取り戻したいのです」

「あぁ……えっと、つまり、……機械翼の十分な調整は学内ではできないから？」

「それもありますが」

違うと、白姫は首を横に振った。一番の目的を、彼女は口にする。

「私は己の欠落の正体を確かめたい。そのために、貴方との出会いの場に行きたいのです」

「あの、【鳥籠】、か」

コウは記憶を探った。強化ガラスの狭間を落下し、腹を裂かれた激痛が蘇る。だが、首を横に振って、彼はそれを払った。他でもない、白姫の望みなのだ。叶えるべきだろう。

「いいよ、白姫。行こうか……ただ、俺はルートを一つしか知らない。安全な道とは保証できないんだ。と言うか……うーん、かなり危険な方法だと思う。それでも、よければ」

「構いません。どうか心配なく。どんな道でも、私が貴方を守ってみせる」

むんっと、白姫は両手を固めた。彼女の頭を、コウは愛しさを込めて撫でる。その思いは、彼も同じだった。コウは弱い。それでも、何が起ころうと、彼は白姫を守るつもりだ。

二人は顔を見合わせた。照れたように微笑み、コウと白姫は深く頷く。

「それじゃあ、行こうか」

「ええ」

手を繋ぎ、彼らは走り出した。

以前、コウ達研究科は襲撃を受けた。だが、本来、この場は【掃討完了地区】に当たる。特に妨害に遭うこともなく、二人は速やかに進んだ。

深層の穴へ続く道は、コウも覚えていた。逃走時、彼は無我夢中だった。だが、永遠のような恐怖に晒され、死を迎えた経験は容易に忘れられるものではない。

問題は、『穴』から『落ちる』必要があることだった。

＊＊＊

「白姫、そこで俺の両肩を掴んで……そう、うん。大丈夫かな」

「コウ、いいだろうか？　では、『落ちよう』と思います」

狭い道の中で、白姫に抱えてもらえるかは不安だった。だが、二人は何とか成功させる。

白姫に抱かれ、コウは穴を潜った。

二人は、当該の箇所へ舞い降りる。

彼らは割れたガラスの隙間を抜けた。緩やかに、コウと白姫は地を目指す。

元々、この場所は鳥籠に似たドームだったらしい。黒い未知の金属枠と強化ガラスで造られた、装飾性の高い建物だ。内部では、コウの知識では判別不可能な機械群が、大量の植物に侵されていた。その中央には、奇跡的に、棺に似たガラスケースが保全されている。

中には、もう、誰もいない。

辺りには、千切られたケーブルが散乱していた。よく見れば、謎の溶液も零れている。

とんっと、コウ達はその近くに降り立った。空のガラスケースを指し、白姫は尋ねる。

「此処に、私は入っていたのですよね？」

「そうだよ……あれ？　記憶にないのか？」

「昔はあったように思う。だが、その後の運命の出会いの衝撃と、楽しい記憶の数々に、掻き消されてしまいました。名は白姫、通称は【カーテン・コール】。私にはそれしかない……ですが、コウ。何度も、カグラは不吉だと言っていました。それについて、今まで考えたことはありませんでしたが」

――【カーテン・コール】とはなんでしょう？

白姫は囁いた。それについて、コウも実は疑問に思っていた。

【カーテン・コール】。

（舞台の幕が下りた後の、役者の挨拶）

何故、それが通称となるのか。

存在しない七体目は、何故、造られたのか。

（その答えが、此処にはあるのかもしれない）

白姫はガラスケースに近づいた。上に積もった埃を、彼女は払う。

眉を顰めた後、白姫はケースの近くの機器に歩み寄った。パネルの上に、彼女は悩んだ後、先史時代の文字列を書き込んだ。やがて無意識下の記憶に沿って、手が自由に動き始めたらしい。パネルを回転させ、並べ直し、ある法則に則って、白姫はキーを打ち込んだ。

「これは私に関する情報の解除キー、のはずです……残された記録があれば、これで……」

ガラスケース上にまた別の文字が浮かびあがった。細かな記述が複数走り始める。

白姫は動きを止めた。忙しなく、彼女は両目を左右に奔らせる。

コウも、白姫の隣に並んだ。だが、先史時代の文字は、彼には読めない。一方で、白姫には、やはり別なようだ。大きく見開いたまま、彼女は蒼の目を宝石のように固めている。

それについて尋ねることを、コウは躊躇った。だが、思い切って、彼は口にする。

何が書かれていたのか。彼女は震え出した。

「白姫……何が書いてあったんだ？」

「コウ、それを言うことは……いや、貴方に隠すのは駄目だ。それだけは許されません」

白姫は首を横に振った。そっと、彼女はガラスケースから離れる。

瞬間、彼女は自身の機械翼を開いた。周囲の植物が切り払われる。大量の花弁が散った。銀に近い白の花達が、宙を舞い飛ぶ。

全てが一瞬空中で静止し、ドッと地に降り落ちた。

辺り一帯に、機械翼は広がる。蒼い光が奔った。耳障りな稼働音が鳴る。凶悪な機械部品が輝いた。そっと、白姫は瞬きをする。彼女はコウに向き直った。改めて、コウは思う。

蒼い目は空のようだ。白銀の髪は雪のようだった。

白姫は手を伸ばした。応えて、コウも腕を動かす。

いつものように、二人は手を繋いだ。

白姫は目を閉じ、開いた。翼を仕舞い、彼女は告げる。

「コウ、話を聞き、貴方が私との【婚姻】を解除したくなったのならばそう言ってください。貴方にはその権利がある。私から逃げる権利も、私の愛を忘れる権利も存在します」

「何を言って」

「【カーテン・コール】とは殲滅兵器だ」

冷たい声で、不意に、白姫は断言した。

コウは瞬きをする。何を言われたのか、彼にはよくわからなかった。目の前の少女はただ美しい。【殲滅兵器】との言葉は、到底似つかわしくはなかった。だが、白姫は真剣だ。

全てを思い出したのか、彼女は自身の役割を告げる。

「私は『世界を終わらせるため』に造られたのです」

＊＊＊

白姫（しらひめ）は語る。

これは他の【姫】シリーズには残されていない情報だと。

遠い、遠い、昔の御話（おはなし）だ。

世界大戦は長い硬直状態に陥り、国土は疲弊していた。また、兵器開発も末期に達していた。魔導技術に長（た）けたある国は【姫】シリーズを経て、最終的な【作品】に辿（たど）り着（つ）いた。

ソレは壊れた思想と、追い詰められた妄念から成った産物だ。

蔓延（まんえん）した終末思想の果てに、一部の魔導兵器開発者達（たち）が造り上げた代物だった。

それこそ、『戦争を終結に導く者』。自国も含む、『世界を終わらせる』ための最終兵器。

全てが終わった後、空の舞台で一人礼をする存在。

殲滅（せんめつ）兵器、【カーテン・コール】。

だが、『彼女』は目覚めなかった。

起動しないまま、『世界の終わり』は長く、長く、眠り続けた。

それこそ、世界にとっての祝福というものだ。

めでたし、めでたし。

そのはずが。

「欠落があるのも当然です。私は『未完成品』だった……それなのに、力の全てを活(い)かせてはいないとはいえ、何故(なぜ)か、貴方(あなた)の血を呑(の)むことで覚醒した……本当は、私は起動しない方がいい存在だったのだと、思う。だから、今からでも遅くはない。【婚姻】の解消を」

「白姫」

「私の本来の力は、私自身にも図り難い。今後、貴方を傷つける確率は零(ゼロ)では」

「白姫！」

名前を呼び、コウは彼女の言葉を強制的に止めた。

広い部屋に、沈黙が落ちる。

言葉とは真逆に、白姫は今にも泣き出しそうな顔をしていた。

どこか幼い姿を、コウはやはりずっと昔から知っていた気がした。改めて、彼は思う。

（彼女に泣いて欲しくはない。一人になろうとして欲しくはない）

自分の心の隙間を埋める存在は、白姫以外にはいなかった。コウは手を伸ばす。ぽんぽんと、彼は『世界の終わり』の頭を事もなげに撫(な)でた。言い聞かせるように、彼は告げる。

「白姫、君は既に俺の全部なんだよ」

ハッと、白姫は顔をあげる。蒼(あお)い瞳を見つめ、コウは自然と続けた。

「俺は、白姫が好きだよ」

真っ直ぐで衒いのない、ありのままを教える、告白だった。

白姫は瞬きをする。彼女は何かを言おうとした。だが、その手を取り、コウは続けた。

「初めから、君は俺に運命を感じていてくれたようだ。でも、俺の方はそうじゃなかった。……最初は、ただ戸惑っていた。でも、一緒に過ごすうちに、好きになっていったんだ」

「……コウ、貴方は」

「君のどこか幼い表情が好きだし、隣で笑う姿が好きだよ。サラサラで白い髪も、柔らかくて細い指も好きだ。その機械翼だって好きだよ。皆と遊んでいる様が好きだし、俺を守ってくれる姿も、本当に嬉しいし、かっこいいし、やっぱり大好きだなって思う……君が考えている以上に、俺は君のことをきっとずっとたくさん、好きなんだ」

笑って、コウは告げた。それは紛れもない本心だった。過去の感情の希薄さが嘘のように、彼は隣にいてくれる存在をとても温かく感じていた。白姫のことを愛しく思っていた。

彼女は、彼のためだけの誰かだ。

大切な【花嫁】だった。

そして、何よりも、一人の素敵な女の子だ。

「だから、俺は君が何者でも、気にしないよ。たとえ、『世界の終わり』でも」

カグロ・コウは『世界の終わり』と結婚した。だが、それがなんだというのか。

薄情な話だが、彼には世界よりも、白姫の方が大事だった。

「正直、俺にはそんなことはピンと来ない。それよりも、君が強大な力を持っているのなら一緒に生き残りたいって思う……うん、生き残ろう。皆や【百鬼夜行】の全員と共に」

ぎゅっと、コウは白姫の手を取った。それから、彼は懐から、ヤグルマに渡された、イヤリングを取り出した。指を噛み、彼は蒼い宝石の中に己の血を入れる。

白銀の髪を持ち上げ、彼はソレを白姫の耳につけた。

通信装置でもある、美しい装飾品は、彼女の髪の陰で揺れた。

「これで、俺と君はいつでも会話ができるようになる。ずっと、俺達は一緒だ」

そうして、いつかのお返しのように、コウは彼女の指に口づけた。周囲の、銀に近い白の花達が静かに揺れた。祝福めいた光景の中、コウは真剣に誓う。

「もう一度言うよ。信頼を、愛情を、運命を、君に。約束しよう、君のために君を守ると」

とんっと、白姫は床を蹴った。

先程切り払われた花弁が、空を舞った。

白姫はコウに抱き着く。彼女は彼に頬を寄せた。

子が親に甘えるように。

恋人が恋人を愛するように。

そして、今までにない強さで、白姫は誓い返した。

「これより先、私は永遠に貴方（あなた）と共にあります。拘束を、隷属を、信頼を、貴方に――
約束しよう、コウ。貴方のために迫りくる死の、全てを殺すと」

強く、強く、二人は抱き合う。
こうして、彼らは約束をした。

約束を、してしまった。

まるで、本物の花嫁と花婿のように。
互いを真（ま）っ直（す）ぐに愛していたが故に。

終焉ノ花嫁

10. 災厄に抗う者達

闇の中、『彼女』は思う。

自分は本当に、この時を待っていたのだろうか。
それとも、この時を恐れ続けてきたのだろうか。
熱く、禍々しい魔力の坩堝の底、『彼女』は願う。

今度こそ。
今度こそ。
どうか上手くいきますようにと。

その果てに、待つモノがなんであろうとも。

＊＊＊

十日後、運命の時は来た。
災厄と地獄の海が訪れる。
【逢魔ヶ時】だ。

今こそ、全ての【キヘイ】の一斉侵攻が始まる。

学園を囲む魔導壁の上にて、カグラは宣言した。

「【百鬼夜行】の目的は単純だ。雑魚はいい。【深層】から迫る連中の足止めと撃破だ」

上空を吹く風を受けながら、コウは頷いた。視界は広く、壁の上の道は鉄色をしている。

そこで彼は狐面を被り、朱色のマントを靡かせていた。【百鬼夜行】の面々は正装として、全員が似た格好をしている。その様は学園を守護する、人ではない者の集団のようだ。

カグラだけが、いつもと変わらない姿で声を響かせた。

「女王の情報も、全学徒に行き渡らせている。【逢魔ヶ時】の発生条件は不明だ。あるいは『彼女』を殺せれば何かが変わるのかもしれない。だが、【百鬼夜行】でも女王相手には防戦一方となるだろう――目的は可能な限りの足止めだ。早々に死なないことを願う」

非情な宣言だ。だが、コウは微かに頷いた。ササノエの戦いからも結論は出ている。

【紅姫】の攻撃ですら、一切通らなかったのだ。現状【千年黒姫】を仕留める算段はない。

『彼女』を切れる者は、この学園にはいないだろう。

カツン、カツンと壁の上を歩き、カグラは続けた。

「我々の目的は、学園の死守だ――殺せるだけを殺せ。命ある限り」

命令が響く。二十六名、全員が頷いた。沈黙が落ちる。だが、それは長く続かなかった。

ゴーンと、時計が鳴る。

Ding-Dongと、時計が鳴る。

ぼぉんぼぉんと、時計が鳴る。

荘厳な響きが、合図を告げた。

同時に、遠く、地平線が黒く染まった。

まるで、大地から夜が湧き出したかのようだ。

蟲にも、獣にも、機械にも似た異形が、世界を染め始める。

【キヘイ】の群れが現れた。

彼らの出現に合わせて、コウ達の足元に震動が伝わった。音楽じみた金属音が鳴り響く。

魔導壁が目を覚ましたのだ。

大掛かりな仕掛けが動く。機械翼や機械脚が一定のリズムで展開を始めた。花が咲くような変化が起こる。魔導壁は形を変えた。空中に、機械翼や機械脚が鋭い輪郭を突き出す。

その間に、流星のごとき輝きが奔った。

瞬時に遠くの【キヘイ】達が爆散した。紅が地平を溶かす。だが、ソレを破って、新たな【キヘイ】達が迫った。魔導壁は第二の光弾を放つ。再度、【キヘイ】達は砲撃された。

高い音は続く。

機械翼や機械脚は、破壊のための唄を謳った。

舞い上がる爆風の中、カグラは平然と佇んだ。大地を睥睨し、彼は口にする。

「これで、ほとんどは防げるだろう……だが、そろそろ来るな」

カグラの予測と同時に、黒い塊が飛び出した。頭上に強固な盾を掲げた、守備型の【キヘイ】だ。全て【甲型】だが、防御に特化している。『彼ら』は光弾を一回耐えてみせた。装填中の魔導壁に、【甲型】達は接近する。

瞬間、カグラは片腕を掲げた。虚空に、何かが舞い飛ぶ。

黒の羽根だ。ソレを螺旋状に纏い、彼は呟いた。

「――――爆ぜろ」

一つ、カグラは指を鳴らした。数百を超える【キヘイ】達が、爆散する。

コウは息を呑んだ。理屈も原理も超越した一撃だった。

カグラは腕を下ろす。ジジッと、その頬の線は僅かにブレた。苦々しく、彼は呟く。

「僕にできるのはこのくらいだ。学園へ到達する【キヘイ】を、僕は魔導壁と共に可能な限り抑える。君達は敵陣に切り込み、『深層』から迫る者達の駆逐に回ってくれ」

再度、彼は腕をあげた。黒い羽根が乱舞する。まるで雪のように、ソレは宙に降った。

自在に闇を躍らせながら、カグラは囁く。

「――――散開」

次々と、【百鬼夜行】は魔導壁を蹴った。マントを靡かせ、彼らは高みから降下する。

【花嫁】の力を借り、【百鬼夜行】は遥か彼方の地面へ着地した。身体能力に優れない者には、別の学徒が力を貸す。戦場へ降り立つと、【百鬼夜行】の面々は自ら学園を離れた。

仮面を着けた者達は、死地へと急ぐ。

自分達(たち)も飛び降りる前に、コウはカグラを見た。

己の生徒全員に向けて、彼はどこか幼く告げた。

まるで、そう口にするのが精一杯だというかのように。


「頑張って」


カグラの言葉を背に、コウは魔導壁を蹴った。

白姫(しらひめ)と共に、彼は地獄へと身を躍らせた。

＊＊＊

瞬く間に、【百鬼夜行】は魔導壁の射程範囲外に離脱した。

【幻級】が、二十六名の先頭に立つ。

コウと白姫、ササノエと【紅姫(べにひめ)】以外には、黒髪の女子、ユリエと【完全人型】の【花嫁】――体格のいい男子、シライと【特殊型】の【花嫁】の四組だ。

彼らは、群がる雑魚の【キヘイ】を切り払った。だが、予想通り、【キヘイ】の多くは眼前の敵よりも、学園にいる人間の集団の方を目指した。自分達に反応しない者の多くを、【幻級】は見逃す選択をした。『彼ら』の殲滅(せんめつ)は、魔導壁とカグラでこなせるだろう。

【百鬼夜行】の目的は別にあった。

『到達させてはならない存在の殺害、足止め』だ。

辺りを異形に包まれた地獄の中、コウ達は接触した全てを切り払った。

単なる戦闘科の生徒であれば、現段階で一人も立ってはいないだろう。【百鬼夜行】は波に逆らうように直進する。黒い群れはやがて絶えた。程なく、彼らは第一陣を突破する。

しばらく、空白地帯が続いた。

【百鬼夜行】は目的である、第二陣の前に躍り出た。

場所は、判別している遺跡全体と、学園までの、中間に位置するポイントだ。

そこに、多くの【キヘイ】が群れていた。『深層』から現れた、【甲型】、【特殊型】、【完全人型】だ。その総数は既に百を下らない。後から加わる者も入れれば千を超えるだろう。

一瞬にして、コウは悟った。【百鬼夜行】の面々は、全二十六名。

中には、脆弱（ぜいじゃく）な【花級】も含まれる。

（それでも、俺達は『消耗戦』をせざるをえない）

悲壮な戦闘の火蓋は、シライが切った。

「さぁ、俺の【花嫁】――【名状し難き者（ネームレス）】よ。地を震わせろ。俺に君の愛を謳（うた）え」

彼の【花嫁】、【特殊型】の【キヘイ】が蠢（うごめ）いた。その姿形は異様だ。柔らかく溶け崩れた、不定形の全貌は判然としない。ただ、性別は『男性』寄りだとコウは聞かされていた。

【花婿】の望みに応え、『彼』は『地形を変える』。

【名状し難き者（ネームレス）】は、小高い丘と溝を作成。瞬時に、塹壕（ざんごう）を完成させた。

【百鬼夜行】はその中へ控える。

同時に、【少女の守護者（ドールズガーディアン）】と、守備型の【花嫁】達（たち）が動いた。彼らは計算された地点に、壁を生み出す。幾つもの防壁が造られた。壁に阻害され、敵は一気に迫ることができない。

「――準備はできたか。ならば、よい。ならば、悪くはない」

塹壕の前に、ササノエが立った。彼は流動体の刃（やいば）を抜刀する。閃光（せんこう）を放ちながら、銀は波のように広がった。瞬間、ソレは収束し、鞘（さや）に戻る。二十体の【キヘイ】の首が飛んだ。

ユリエが気だるげに頷（うなず）く。目を擦（こす）り、彼女は欠伸（あくび）混じりに告げた。

「私の大事な【お姉様（シスター）】……お仕置きは、貴女（あなた）様にお任せします」

【完全人型】の【花嫁】――【お姉様】が動いた。その外見は、ユリエとよく似た、黒髪の美女に見える。『彼女』は無数の鉄線を奔（はし）らせた。三十体の【キヘイ】が宙に吊（つ）られる。

コウも塹壕の中へ入った。彼を護（まも）るように、白姫（しらひめ）が蒼（あお）い光を放つ。

「行きますよ、コウ。私はいつでも貴方（あなた）と共に」

「あぁ、白姫。俺も常に、君と共にある」

今回、コウは彼女に血を与えてはいなかった。白姫は殲滅（せんめつ）兵器だ。カグラの言葉もある。長期戦中、暴走に至るかもしれない手段は、今のところ避けておくべきだった。

また、彼女が血液を摂取時に放った、『黒い光』は異様だった。アレは全てを呑（の）む、闇に見える。制御可能な代物とも思えなかった。扱いきれない武器は、使用しない方がいい。

全員が動き出した。中距離攻撃に向いた者達は、塹壕内や壁の背後から砲撃を放つ。

本格的に、戦闘は開始された。

多くの敵は【幻級】の【花嫁】達が仕留めた。

【紅姫(べにひめ)】の銀の散弾、【白姫】の蒼い光が、的確に敵を薙(な)いでいく。【名状し難き者】が、多くを呑(の)み込(こ)んだ。【お姉様】は、鉄線を無慈悲に躍らせた。ササノエも戦場を駆ける。

彼らが取(と)り零(こぼ)した敵は、【鬼級】が殺害した。

味方の弾を縫いながら、【私の信奉者(マイ・キティ)】や【少女の守護者】の壁が奔る。

【蜂級】と【花級】は補助に当たった。

強者に守護をされながら、治療班が細やかに動き回る。

主力を務めるのは【花嫁】だ。あくまでも、【花婿】の大半は後方支援と指示に徹する。

塹壕の奥で、ヤグルマは口元の布を引っ張った。彼は低く囁(ささや)く。

「【炎の使徒(ファイヤーホース)】よ、行け——君の奔りは美しい」

ヤグルマの【花嫁】が駆けた。『彼女』は密集した敵達を燃やし尽くす。

戦闘は、【百鬼夜行】に有利に進められていた。だが、とコウは悟る。この展開は、以前と同じだ。白姫と視界を同期させながら、彼は乱戦を分析する。

（一体一体の【花嫁】が相手取れる数には限りがある）

更に、新たな敵が迫った。数百体の【キヘイ】が前方に展開していく。

頃合いと判断したのか、ササノエが合図を出した。

「ユリエ、コウ、接近する者を殺れ。シライ、防御展開。他の壁は一時解除」

黒髪を払い、ユリエは気弱そうに頷いた。シライは無言で、敵を屠り続ける。【幻級】達は隙を造り出した。その間に、他の【花嫁】達は撤退する。ツバキ達も壁を解除した。全ての準備が終わったことを確かめ、ササノエは頷いた。【紅姫】は腕を広げる。

ササノエの宣言が響いた。

「――――一掃する」

しなやかに、【紅姫】は体を反らせた。翼を切り離し、『彼女』は銀の渦を生む。【紅姫】はソレを前へ放った。『彼女』は全ての【キヘイ】を流し去る。だが、大技は連続して使えないようだ。翼を一度放ち終えると、【紅姫】は散弾の撃ち出しに戻った。

ササノエの合図で、再度壁が築かれる。

それを越えて現れた【キヘイ】は、白姫が切り裂いた。機械翼が、生体部品を断ち割る。

新たな敵の出現は収まらない。

【逢魔ケ時】は、長く続くのだ。

その中で、コウは囁いた。

「俺達も出る必要がありますか？」

「あぁ、しばらくすれば頃合いとなるだろう」

狼の面の向こうから、ヒカミが応えた。

やがてコウの予測は的中した。幾体かの、弱い【花嫁】に疲弊の色が濃くなっていく。

討ち漏らした【キヘイ】が迫り始めた。塹壕の前に、幾体もの不吉な影が現れる。

仮面を外し、コウは両手を掲げた。彼は己の愛しい人に呼びかける。

「――――白姫」

「コウ、ご武運を。危ない時は、直ぐに私を呼んで欲しい」

彼女は羽根を二枚飛ばした。コウはソレを受け取る。

刃を手に、彼は塹壕を飛び出した。

そして、コウは目の前の【特殊型】を真っ二つに切り裂いた。

＊＊＊

【キヘイ】の生体部品が散る。中には、人の血と内臓が混ざっていた。

誰のものかはわからない。だが、二十六名には欠けが生じ始めていた。

割れた面が地に落ちる。悲鳴が響き、潰えた。

切っても切っても終わりはない。それでも戦えているのは、【幻級】が圧倒的なせいだ。

ササノエは怜悧に、ユリエは可憐に、シライは力強く戦い続けている。

他の者達は攻撃範囲を逃れた獲物しか相手取ってはいない。だが、一体一体が魔導壁に到達すれば、突破するだけの実力を持つ個体だ。本来、人間には相手取れる代物ではない。

コウは歯を噛み締めた。彼は目の前の【完全人型】の首を断つ。

遺跡での一件以来、彼の【花嫁】との連携精度は更に向上していた。白姫の剣の導きに従って、彼は常人には不可能な御業を成す。人に似た外見の相手にも、躊躇いはなかった。此処には、死しかないのだ。

生きるか死ぬか。殺すか、殺されるか。

二択を前に、迷いなど抱きようがない。

地獄は続く。だが、コウを除く【幻級】の【花嫁】と【花婿】に疲弊した様子はなかった。このまま、掃討までの戦闘すら可能とさえ推測される。問題は他の者だ。

己も危うく刃を振るいながら、コウは友人の無事を確かめた。

今のところ、ミレイもヒカミもツバキも、ヤグルマも健在だ。

その事実に、コウは安堵の息を吐いた。だが、と、彼は目を細める。完全に無事なわけではない。それぞれが、手傷を負っていた。特に、ヒカミは消耗が激しい。

元々、彼は補助型の【蜂級】だ。直接戦闘には向かない。ミレイは険しい声をあげた。

「ヒカミ、後ろに下がりなさい！　敵はどんどん深層の者に移行しています。貴方と【斑の蛇】には厳しいでしょう。後方支援に徹しなさい！」

「ハッ、これでも元戦闘科だ。それにこの状況では、前に出ねば情報も伝えられまい」

割れた面を外し、ヒカミは苦く応えた。現在、彼の【斑の蛇】は八体に分かれている。

ヒカミは混戦状況下の『目』も務めていた。彼は特に治療班に、有益な情報を送り続けている。だが、不意に、その顔が凍った。何を見たのか、ヒカミは叫ぶ。

「危ない、ミレイ君！」
「ヒカミ？」
彼はミレイの体を押した。瞬間、コウは確かに目撃した。
黒い羽根が、ヒカミの腹を貫いた。
なんの前触れもない一撃だ。彼でなければ、予測は不可能だっただろう。
ヒカミが血を吐き、崩れ落ちる。同時に、コウは悟った。
（やって来る）
死が。
滅びが。
瞬間、ジャァアアアアアアアアアアアアアアアアアアンッと、
場違いに、『楽器が鳴らされた』。
花弁が降る。
桃と紅と黒と白と金と銀が降る。
華麗に、
優雅に、
豪華絢爛（ごうかけんらん）に、色が舞う。
ジャァアアン、ジャァアアンと鐘が鳴る。
合間に、ほうっほうっと、息の音が響く。

高らかに旗が振られた。その色は紅だ。表面には何ら意味を持たない、紋章じみた落書きがされている。旗の下を【キヘイ】が進んだ。獣型の、蛙型の、魚型の、蟲型の、人型の、様々なモノ達が独自の速度で歩く。それぞれの方法で足を挙げ、『彼ら』は回転した。

そうして、【キヘイ】達は一斉に声をあげた。

「姫様ノ御成り、姫様ノ御成り、姫様ノオナアアアアアアアアリィイイイイイイイイイ」

金属的な宣言が、宙を裂く。

瞬間、闇が降ってきた。その翼を縛める鎖が、途中で解け、消えた。

バサリと、漆黒の翼が羽ばたく。

美しい、黒と白の娘が現れた。

──【千年黒姫】。

【キヘイ】の女王が。

＊＊＊

「ヒカミ、誰が替われと言いました！　私に一生分の後悔を背負わせる気ですか！」

「……ッ、すまない。私が、勝手に選んだこと、だ。後悔は、しないでくれたまえ」

「貴方がそう言っても、私はするのですよ！　ええ、勝手にです！」

怒鳴りながら、ミレイはヒカミを塹壕に運んだ。コウとツバキ、ヤグルマも後に続く。

ミレイは、ヒカミに治療魔術をかけた。だが、傷は深い。血は止まりそうになかった。

「……敵を払います。止血を続けてください」

「守りは、私に任せるといいのです。誰も通しませんよ」

塹壕近くの敵を、ヤグルマの【花嫁】が轢き殺す。続けて、ツバキは新たな壁を築いた。

コウは顔をあげる。白姫は【紅姫】と共に、【千年黒姫】と対峙中だ。三者共に動いてはいない。だが、コウは察する。白姫が場を離れれば、【紅姫】は殺されるだろう。

ナノマシンによる治療を、頼める状況ではない。

ならばどうするべきか。コウは必死に考える。

全員が緊張に張り詰める中、ヒカミは動いた。己の傷を押さえながら、彼は立ち上がる。

大量の血が垂れた。ツバキが即座に叫ぶ。

「何を動いているのですか、この馬鹿！　今直ぐ死にたいのですか、大馬鹿ですね！」

「死にたくはない、が、な……【千年黒姫】が出た以上、このままでは所詮全滅だ。違うかね？　ならば、試す価値はある。白姫君が動ける状況になれば、治療も受けられよう」

何故か、ヒカミは冷静に語った。そして、彼は誰もが思わぬ行動に出た。当然のごとく、ヒカミは顔の包帯を解き始める。重傷の身で何をしているのかと、問う者はいなかった。

その動作には、不思議な神聖さが伴っている。

中から露わになったモノを、コウ達は見た。全員が言葉を失う。

ヒカミの左の眼孔には、つるりとした白い球体が嵌められていた。

『卵』、だ。

愕然と、ミレイが囁く。

「ヒカミ……貴方、まさか、それは！」

「あぁ、【斑の蛇】の卵だ。眼球の代理器官、レンズの役割を果たしてくれている。大体の人間は、私の目が見えないものと考えていたはずだ。だが、実は、包帯の隙間から見えていてね。イカサマはその隙をついて行っていたんだ――で、私の失われた眼球だが」

異形と化した『目』を、ヒカミは細めた。本来の眼球は、どこへ消えたのか。

コウには、その予測がつく気がした。堂々と、ヒカミは異様な事実を告げる。

「【斑の蛇】の腹の中だ。まだ、消化はさせていない。だが、『いざという時のため』に入れておいた。過去の資料を総浚いし、内部の魔力を調整、暴走の可能性を極力抑えた形に仕上げて、な……何もできないまま、己の【花嫁】に死なれるよりはマシだと判断した」

「ヒカミ……貴方、イカれていますわ」

ミレイは強張った声で囁いた。コウも同じことを考える。

『いつか来る危機のため』、己の眼球を捧げておくなど正気の沙汰ではない。

「僕も、それには同意します」

「ヒカミ、最早馬鹿の域を超えていますよ」

ヤグルマもツバキも、強張った口調で言う。流石に、全員が顔を引き攣らせた。

だが、ヒカミはあくまでも穏やかに笑った。

「ハハッ、戦闘科で全滅寸前となった経験から、私は知っている。死神の微笑みは気紛れだ。いつ向けられるかはわからない。【花嫁】にも、仲間にも死なれるのはごめんだ」

不意に、ヒカミは表情を凍らせた。今までになく、彼は鬼気迫った顔をする。

一体、過去に、どのような光景を見たものか。低く、ヒカミは囁いた。

「二度と、あのような地獄を経験してなるものか――ならば、私の目など安いものだ。全ての手は打っておいた方がいい」

――そして、今こそ使い時だ。

声を殺し、ヒカミは囁いた。真っ直ぐに、彼はコウを見つめる。

「……いいか、ここから先は、私の愛妻と、【幻級】の者達に賭けることとなる」

コウは頷いた。彼は思う。過去に【キヘイ】の女王を殺せた者は存在せず、その手立てもない。だが、今、その壁は揺れ動く可能性があった。

何せ、ヒカミの行動は規格外だ。

運命は大きく、動くかもしれなかった。

＊＊＊

ここに一つの疑問がある。

全【花嫁】に、【花婿】が死ぬ直前、己を喰わせれば勝機はあるのか。

答えは否だ。【花嫁】が暴走し、死者が増える結果に終わるだろう。今回は【斑の蛇】が元々戦闘向きではないことに加え、ヒカミが調整を重ねたが故に成り立った賭けだった。

予め、己の目を抉り、加工し、喰わせておくことなど容易ではない。

ヒカミは、ソレを為したのだ。

そして、状況は大きく動いた。

【花級】の小型の【キヘイ】を使用し、【幻級】へ伝達は済んだ。白姫には、コウが直接、通信装置を使い、連絡を取った。ただ、彼女の傍に己の幻影が出現してしまったのには驚いた。通信装置は声だけでなく、人の映像を届けるタイプだったらしい。だが、【千年黒姫】は反応しなかった。そのため、コウは無事に白姫へ作戦の詳細を伝えることができた。

ヒカミは、八体に分かれていた【斑の蛇】を元に戻す。

彼の傍に座ったまま、ミレイは両腕を組んだ。彼女は細く息を吐き出す。

「どうなっても知りませんからね」

「あぁ……どうにかなった時は逃げてくれ。私は本望だ」

「馬鹿を仰いな。腐れ縁です。今更、貴方を一人にするものですか。私と【花嫁】は何があろうとも残ります。仲間は大切なものだ……そうよく口にしているのは貴方でしょう」

「ははっ……誰が、仲間を愛する思いやり屋さんかね」

「誰も言ってはいないんですが……まぁ、そうですよね」

二人はいつもと同じで、少し違うやり取りを交わす。

そこで、【千年黒姫】が動いた。

「――もう、よいか？　もう死ぬか？　全てが、だ」

丁度、沈黙を破り、『彼女』は翼を広げる。

以前のような一時の和やかさを【千年黒姫】は纏っていなかった。【キヘイ】の暴走は『彼女』にも及んでいるらしい。女王としての堂々たる威圧を、【千年黒姫】は放っていた。

夜闇の中に佇む儚い姿を、コウは脳裏から振り払った。

彼の前で、『彼女』は宣告を響かせる。

「かくして、終わりの日よ。皆が皆、疾く早く眠るがいい」

【千年黒姫】もまた、人間の虐殺のための行動を開始する。

無数の黒が、空中に散った。

まずは小手調べだろう。羽根の矢が、白姫と【紅姫】を狙った。一斉に、何百という黒色が放たれ、二人へ突き進む。己の翼を駆使し、彼女達は四方から迫る羽根を撥ね除けた。

そのまま、白姫と【紅姫】は【千年黒姫】に肉薄した。二人は斬撃を放つ。銀の流動体と機械翼が振り下ろされた。【千年黒姫】は防御を取らなかった。だが、一撃は通らない。

「無駄と知っておろうに、なぁ？」

それでも、白姫と【紅姫】は攻撃を続ける。

無意味な試みが繰り返された。

その背後から、【斑の蛇】が姿を消して近づいた。『彼女』は【千年黒姫】に絡みつく。

「……ふむ、羽虫よな」

【千年黒姫】がその気になれば、【斑の蛇】は瞬時に殺されただろう。だが、傷がつかないが故に、『彼女』は抵抗をしなかった。ただ、気だるげに、【千年黒姫】は首を横に振る。

絶対的強者が故の、慢心だ。

瞬間、ヒカミは指を鳴らした。

「時が来た――我が妻よ。『私』を喰らいたまえ」

【斑の蛇】の中で何かが溶けた。蛇は声もなく吼える。その変化は目に見えて劇的だった。

通常の範囲を超え、【斑の蛇】の力は到底不可能な域に届く。

鋭く、『彼女』は牙を剥いた。

『斑の蛇』は、【千年黒姫】を噛んだ。肌に、その牙が『突き刺さる』。

初めて、【千年黒姫】の体に微かな穴が開いた。

だが、それだけだ。

「――くどい」

【千年黒姫】は、今度こそ【斑の蛇】を千切ろうとする。そこに、白姫は機械翼を振り下ろした。だが、やはり、斬撃は通らない。機械翼は、【千年黒姫】の首筋で止められた。

それでも、攻撃の間に、【斑の蛇】は離脱を果たした。

瞬間、白姫は大きく動いた。

彼女は、己の機械翼を『取り外した』。二対を纏め、白姫は翼を巨大な剣状に整える。

その切っ先を、『彼女』は【千年黒姫】に向けた。翼を前へ放ちながら、白姫は叫ぶ。

「預けましたよ、【紅姫（べにひめ）】！」

「────了承」

初めて、【紅姫】が声に出して応えた。

『彼女』は体を反らせる。【紅姫】もまた体から己の翼を離した。『彼女』は銀の渦を放つ。

白姫の機械翼の『柄（つか）』に当たる部分を、【紅姫】はソレで槌（つち）のごとく殴った。

【斑の蛇】の開けた『穴』へ、二人は機械翼を打ち込む。

びしりと傷口は広がった。だが、白姫の翼は砕かれる。ソレは無数の黒に裂かれたのだ。

途端、シライとユリエが囁（ささや）いた。

「今か────俺の愛（いと）しい者、【名状し難き者（ネームレス）】よ。滾（たぎ）り給（たま）え」

「【お姉様（シスター）】────悪い子がいますよ。裂いてくださいまし」

力強い声と、気だるげな声が告げた。

【名状し難き者】が、【千年黒姫】の傷口に潜り込んだ。更に、ユリエの【花嫁】の鉄線が、集中的に周囲を裂く。傷口は悪化していった。だが、【千年黒姫】は二体を打ち払う。

「余に触るでない」

腹立たしいというように、『彼女』は黒の翼を振り抜いた。

必要以上に、大きく。

瞬間、空いた胴体に、コウとササノエが迫った。

両者は手に、予め抜いておいた『白姫の羽根』を持っている。

中に込められた魔術は、炎と氷。

【千年黒姫】の傷口へ、二人はソレを叩き込もうとする。

「あああああぁあああああっ！」

「――獲る」

二種の声が重なった。だが、僅かでも抵抗があれば終わりだ。

極端に低い可能性に賭け、二人は刃を振るう。


【千年黒姫】の傷口に、斬撃は届いた。


後少し、二人の剣の刃先が触れ合えば『彼女』は死亡する。ヒカミの奇策は、越えがたい壁を遂に壊したのだ。油断せず、コウは刃を進める。黒の血が溢れた。肉が削れていく。

（――後少し、あと）

そこで、コウは顔をあげ、
見てしまった。

【千年黒姫】を。

＊＊＊

【千年黒姫】は、だらりと両腕を下げていた。死を目前に、『彼女』は抵抗しない。
コウは息を呑む。彼はある疑惑を覚えた。
（他の【キヘイ】と同様に、【千年黒姫】は暴走してはいなかったのか？）
ただ、『彼女』はコウを仰いだ。
【千年黒姫】は僅かに口を開き、閉じる。
初めて、幼子のような微笑みを、『彼女』は浮かべた。
心から、安堵したと言うように。
これでいいと、語るかのように。
帰るべき場所を見つけたかのように。

改めて、コウは思った。

その黒い目は夜のようだ。白い肌は雪のようだった。
『彼女』の顔は歪な表情さえ失えば、ある人と同じだ。
瞬間、【千年黒姫】の黒髪の一部が切れた。隠されていた、耳元が露わになる。
そこには、繊細な銀細工が揺れていた。その中央に、蒼い宝石が美しく輝いていた。

イヤリング状の、通信装置だ。


それを見て、コウは目を見開く。

彼が、彼女に渡した物と、同じ品だった。

今まで、夢だと思っていた光景を、コウは思い返した。

何故、【千年黒姫】の幻影は、彼の下に現れることができたのか。

何故、『彼女』はミレイの考えた歌を知っていたのか。

何故、今まで、幾度も、コウは懐かしさを感じてきたのか。

（ようやくわかった）

誰かの悲しそうな姿が、誰かの泣き顔が。

誰かの幼い言動が、頭の奥に蘇る。

コウはやっと気がついた。どうして【千年黒姫】を見る度、頭痛がしたのか。記憶をぐしゃぐしゃに掻き混ぜられているように感じたのか。

『彼女』に、泣いて欲しくなかったのか。

ずっと記憶の中にいた『誰か』の正体に、コウは至った。

（その人は――白姫であって、白姫ではなかった）

全身の力を以て、コウは刃を止めた。

瞬間、彼は全てを裏切ったに等しかった。それでも、コウは止まらずにはいられなかったのだ。涙がこみ上げて、胸が焼ける。その激情に応えるように、コウは攻撃を停止した。

ササノエが変化に気がつく。自身のみでは無理だと判断し、彼は瞬時に離脱した。

ただ独り、コウだけが残される。

【千年黒姫】の前に。

そうして、彼は尋ねた。


何故、『彼女』が泣いていたのか。

何故、コウを知っていたのか。

何故、通信装置を持っているのか。

何故、歌を謡うことができたのか。

何故、幾度も彼の前に現れたのか。

その理由に漸く気づきながら、

「君は……白姫だろう？」

その言葉に、【千年黒姫】は目を見開き、

ただ、こくりと、
子供のように頷いた。

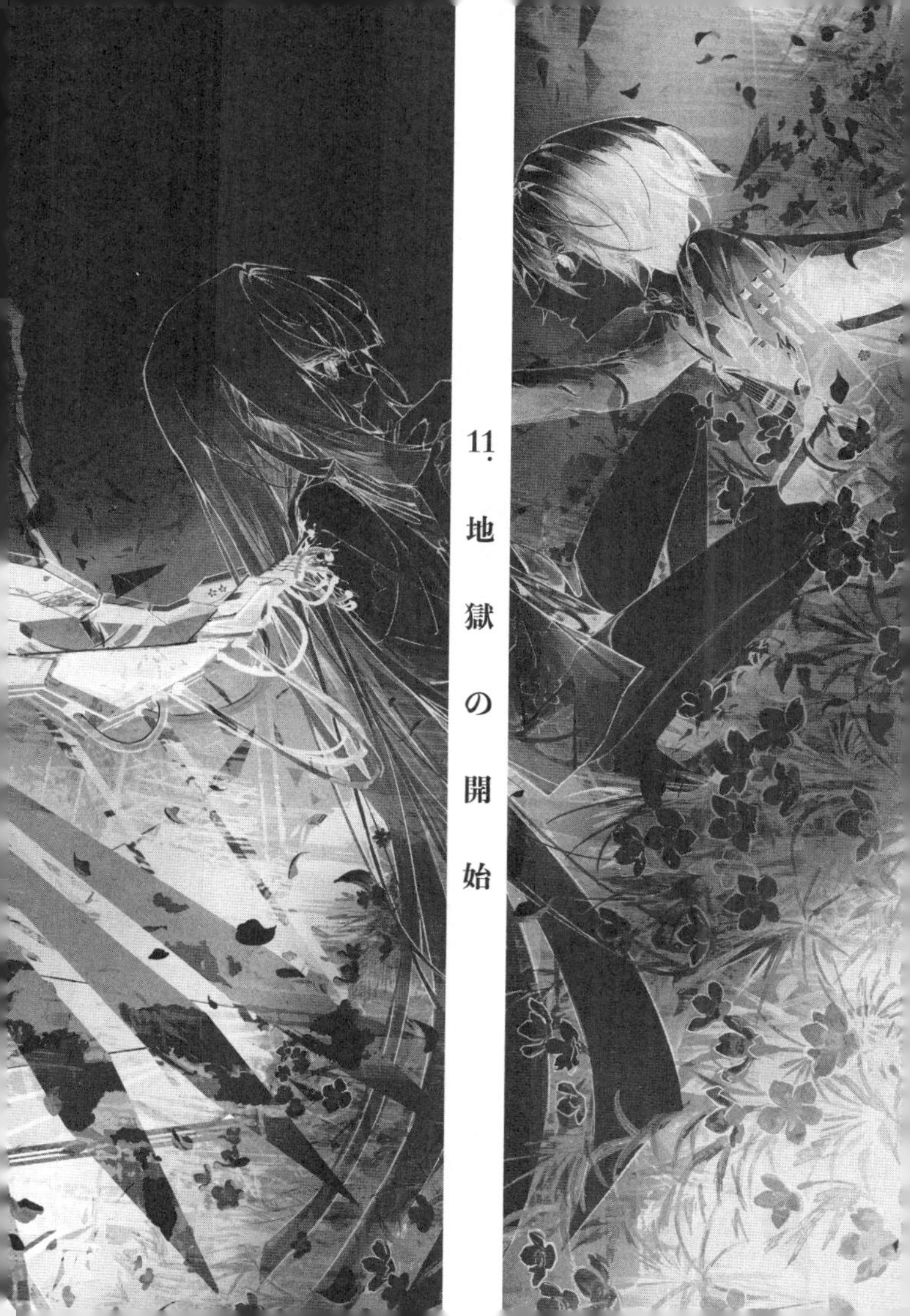

11. 地獄の開始

遠い、遠い、昔の御話（おはなし）だ。

一回目の、物語を綴（つづ）ろう。

【逢魔ヶ時（おうまがとき）】が幕を下ろした後のことだ。


【百鬼夜行】、二十六名全員が死亡した。


数名の【花婿】が【花嫁】に己を食べさせ、延命を図ろうとして失敗。両者共に亡くなった。だが、白姫（しらひめ）は生きていた。死亡直前、コウが彼女に自身の血肉を分け与えた結果だ。暴走することなく、白姫だけは適応を果たしたのだった。

何故（なぜ）かはわからない。

ただ、独り、彼女だけが残された。

辺りには、静寂と闇の帳（とばり）が落ちている。その中に、無数の亡骸（なきがら）と白姫だけがいた。

ヒカミが、ミレイが、ツバキが、ヤグルマが、ササノエが。

何よりも、カグロ・コウが死んでいる。

涙は流れなかった。そんなものでは、白姫の感情は到底表現できなかった。

彼女は思い返す。白に近い、銀の花々が咲き誇る光景を。

どこまでも美しく、懐かしい一幕の中、

二人の結んだ、約束を。

やがて、白姫はぽつりと囁いた。

「これより先、貴方が損なわれ、潰え、失われようとも、私は永遠に貴方と共にあります」

そうして、白姫はコウの残りの亡骸を食べた。


血は鉄臭く、肉は生臭く、骨は硬かった。

ソレは単なるモノにすぎない。だが、全てを喰らった後、彼女には変化が生じた。

理由は不明だ。ただ、カグロ・コウの血肉は特別だった。

瞬間、【カーテン・コール】は完成した。

ソレは、死に際の人々の見た壊れた夢。

時の流れを機械翼に込められた魔導式で遡り、国々を『戦争の開始前に殲滅する』ために造られた存在だった。戦争状態を根底から救済すべく、彼女の機械翼には相応しい能力が与えられていた。全てを始まる前から終わらせるために【カーテン・コール】は開発されたのだ。カグロ・コウを捕食することで、彼女の機械翼は本来の魔導式を起動させた。

今、それを、白姫は別の目的のために使用した。

通常の蒼とは異なる、黒い光が奔る。それを翼全体に纏わせ、彼女は地を蹴った。

白姫(しらひめ)の姿は世界から消える。

この瞬間から、彼女の試みは開始された。

白姫は、カグロ・コウと約束をしたのだ。

約束を、してしまった。

『これより先、私は永遠に貴方(あなた)と共にあります。拘束を、隷属を、信頼を、貴方に――約束しよう、コウ。貴方のために迫りくる死の、全てを殺すと』

ソレは過去に祝福だったが、
今や、確かな呪いと化した。

カグロ・コウを救うため、白姫は己の機能を活(い)かし始めた。


――最初は、簡単だと思った。


要はカグロ・コウを【逢魔ヶ時(おうまがとき)】から生かせばいいのだ。だが、彼は死に続けた。

白姫が時を遡り、助力をしても、【百鬼夜行】は全滅した。

白姫は【百鬼夜行】から、コウを強制的に逃がした。だが、彼は死亡する六割の生徒に含まれた。コウを学園から脱出させ、守ることを試みた。だが、脱走者として処刑された。

コウが殺される前に、原因となる人間を全員殺害した。

その際には、コウに自殺をされた。

白姫は己とコウを契約させせない道を選んだ。だが、コウはやはり【逢魔ヶ時】で死亡した。何度か繰り返した後、彼を学園に入れないため、彼女はコウの両親を守ろうと試みた。

しかし、『ある理由』から、ソレは不可能と判明した。

白姫は【キヘイ】の存在自体の殲滅を決定。発生原因となる先史時代まで遡ろうとした。

だが、時の流れの中に壁が造られており、戻ることは不可能だった。

幾度も試みを行った結果、白姫は【逢魔ヶ時】の発生原因の解明に成功した。

【キヘイ】の王、女王に膨大な魔力が宿り、他を巻き込み暴走するためだ。それを防ぐためには力が必要だった。疲弊と倦怠の中で、白姫は非情で歪な決断を行った。

何度も時を遡り、白姫はコウを、時には己を捕食。力を増大させた。

その度、髪や目は黒く染まった。翼も変質し、肉体は成長を遂げた。自身を失い、擦り切れながらも、白姫は当代の王を殺した。だが、直ぐに、次の者に魔力は受け継がれた。

【逢魔ヶ時】に、白姫は王を仕留め、【百鬼夜行】を生き残らせた。

だが、『世界の位相がズレた』。

幾度も試みを繰り返した結果、白姫は悟った。

世界は、『本来そこにいない者』の大きな介入を許さない。

運命は、カグロ・コウ自身が変えなければならなかった。

白姫は【逢魔ヶ時】前に転移。自身が自然と女王に選ばれるのを待った。

その後、彼女は白姫の名を捨て、自ら【千年黒姫】を名乗ることとした。

ここに至るまでに、一万五千回の試みが終了していた。


そして、今回、彼女はある事実も確認した。

コウは白姫の契約者だ。彼は『一人目の白姫』である【千年黒姫】とも微かな繋がりがある。故に、コウは数多くの既視感を覚え、『懐かしい誰か』の記憶に悩まされ、白姫との連携精度を向上させていた。今のカグロ・コウならば自力で女王を殺し、【逢魔ヶ時】を生き残ることも可能かもしれなかった。

そのために、【千年黒姫】は討たれる道を選んだ。

彼自身の手で女王を殺せた先は、未知の領域だ。

どうなるかはわからない。だが、待ち望んだ時が遂に訪れた。そのはずだった。

熱く、禍々しい魔力の坩堝の底、彼女は願った。

今度こそ。

今度こそ。

どうか上手くいきますようにと。

その果てに、待つモノが己の死であろうとも。

だが、今になり、

コウが気づいた。

＊＊＊

静かに、コウは【千年黒姫】を見た。

雪のような白肌しか、面影は残っていない。だが、繋がっているせいで、彼にはわかった。確かに、彼女も白姫だ。彼の大切な人の、変わり果てた姿に他ならなかった。

『現在の』白姫はただ困惑した顔をしている。視線で、コウは彼女にヒカミの治療へと向かうように促した。続けて、彼は【千年黒姫】と向き直った。優しく、コウは語りかける。

「君は、白姫だね……何故、【キヘイ】の女王をしているのかはわからない。でも、確かに白姫だ。帰ろう、白姫。こんなところで、俺達と戦わないで」

「坊……いや、コウ……駄目だ、駄目なのだ……余は、いや、私は」

よろりと、黒姫は後ろに下がった。彼女は変質した魔力の混ざった、漆黒の涙を流す。

泣きながら、黒姫は己の顔を覆った。首を左右に振り、彼女は必死に訴える。

「気づかれてはならなかった。私は【千年黒姫】でなければならない。ここで、殺されなければならないのだ。だから、私は……そのための切っ掛けとなるよう、ヒカミが庇うと予測して、ミレイを狙った……そう、私は討たれなければ。そうしなければ、運命は変わらない……それに、私は」

ぎゅっと、黒姫は己の肩を抱いた。爪が喰い込み、白い肌から血が流れる。

彼女は震え出した。何かを堪えながら、黒姫は必死に言葉を続ける。

「……【逢魔ヶ時】は、【キヘイ】の王、女王に魔力が集まり、暴走することで起きる。私は貴方に討たれるため、それに成り代わり、今まで内部魔力は暴走状態でも、正気を保ってきた……だが、長時間持つ器は到底、完成、できなかった。私は討たれるためだけに、此処にいるんだ。そうでなければ、あと少しで……私は、あと……少しで」

「白姫、一体、どうしたんだ？」

「貴方達を殺してしまうんだ！」

【千年黒姫】は叫んだ。その全身を、膨大な魔力が侵す。瞬間、彼女の翼は増大した。それは世界樹のごとく、視界の全てに枝を張っていく。絶望そのものが猛烈な速度で育った。

何もかもが覆われて、全てのものが浸食されていく。

黒が、漆黒が、闇が、暗黒があらゆるものを貫いた。

＊＊＊

黒が、
黒色が降る。
雪のように。

雨のように。

灰のように。

視界の全てを覆い尽くす。

当初、黒は羽根の形をしていた。だが、無音で羽毛は消滅する。複雑性を失い、黒は単なる球体と化した。更に、変化は進行していく。一度平面を経て、球体は立方体に至った。

【ギチリ】と、ソレは弾(はじ)ける。

無数の針が、存在する全てのモノに向けられた。

ヒカミは、ミレイを庇(かば)った。だが、二人まとめて背中から貫かれる。

血の飛沫(しぶき)が、空を染めた。

【少女の守護者(ドールズガーディアン)】がツバキを抱き締め、粉砕された。ツバキの小さな体が、針に持ち上げられる。彼女の人形のような体に無数の穴が開き、醜い残骸と化した。ヤグルマが【炎の使徒(ファイヤーホース)】に駆け寄ろうとして、足を貫かれた。針は内臓を一部持ち上げながら口まで届いた。

ササノエは咄嗟(とっさ)に【紅姫(べにひめ)】を突き飛ばした。彼が死んだ瞬間、【紅姫】は抵抗を止(や)めた。【紅姫】はササノエの遺骸を抱き締める道を選んだ。最強の一角であった二人も死亡する。

全ては、瞬(まばた)きより短い間に行われた。

だが、コウに、針は届かなかった。

その寸前、彼は機械翼に包まれたのだ。痛くはない。凶悪な金属は体に触れてはいなかった。ただ大事なものを隠すがごとく、コウは覆われる。

安堵した様子で、白姫は囁いた。

「よかった、間に合いました」

彼女は自分自身のことは守らなかった。

音もなく、白姫は黒に貫かれている。

かはりと、彼女は小さく血を吐いた。

何が起きたのか、コウには上手く理解ができなかった。それでも彼は震える手を伸ばす。

コウは、白姫を抱き締めた。機械翼を避け、細く、頼りない体に、彼は必死に腕を回す。

「白姫、白姫、しらひめ」

「……コ、ウ」

ずるりと、棘が抜かれた。

白姫の体は支えを失う。なんとか、彼女は踏み止まった。蒼い目に既に光はない。もう、白姫には何も見えてなどいないだろう。それでも、必死にコウを守りながら、彼女は囁く。

「コウ、お願いがあります」

「何、を」

「私を、食べて、欲しい」

コウは目を見開いた。何を言うのかと、彼は口を動かす。

その間にも、白姫は大量の血を吐いた。紅を流しながら、彼女は訴える。

「私も、理解しました……私が貴方を、食べたのが、黒姫だ……だから、私は初めて会った時から……彼女を知っていた……その事実が、こわくて、貴方には言えなかったんだ」

一筋の涙が、白姫の頬を零れ落ちた。憐れみと深い悲しみと共に、彼女は囁く。

「彼女は……私は……何度も、きっと、何度も繰り返して……それでも駄目だ、ったんだ……ならば、貴方に、私を食べて欲しい……花婿も、花嫁を食べられるはず、だ……それで、きっと……何かが変わる、かも、しれない」

「嫌だ……白姫、嫌だよ、俺は」

「コウ、お願いです……このままでは、私も、貴方も、死ぬ」

白姫は手を伸ばした。彼女は彼の頬を撫でる。

母のような、姉のような、表情を、白姫は浮かべた。

覚えておこうとするように、彼女はコウに触れる。白姫は穏やかに繰り返した。

「貴方を何度も守ろうとした、私の……黒姫のためにも、私と貴方のためにも、お願いだ」

「……白姫」

「コウ」

不意に、白姫は踵を浮かせた。

彼女はコウにそっと口づけた。

血の味と僅かな体温が広がる。

最初で最後のキスが終わった。

白姫は微笑んだ。どこまでも優しく、彼女は告げる。

「これは呪いですよ、コウ……どうか、……貴方は生きて……くれますように」

白姫は瞼を閉じた。すっと、彼女の全身から力が抜ける。白姫の体が、コウの腕の中に崩れ落ちた。機械翼も、微かに揺れる。それでも、ソレはコウを護る形に固定され続けた。

同時に、世界から音が失われた。

腕の中の白姫は、いつも眠っている時とまるで同じなのに。

明確に、何かが違った。

(――――聞こえない)

白姫の呼吸が、生体部品の動く音が、聞こえない。

(きこえないよ、白姫)

カグロ・コウは理解した。

これが、死だ。

後少しで、彼も同じ道を辿ることだろう。狂おしく、コウはその選択をしたかった。だが、できない。確かに、今、彼は呪われたのだ。

初めてで、終わりの口づけと、

共に託された願いを、裏切ることなどできなかった。

故に白姫の亡骸を抱き締め、カグロ・コウは呟いた。

「もう一度言うよ。信頼を、愛情を、運命を、君に。約束しよう、君のために君を守ると」

そうして、コウは、

白姫の喉笛を噛み切った。

通常、この段階で【花婿】は死亡するはずだ。だが、不運にも、『彼の存在』は例外に当たった。彼は白姫の機能を理解した。同時に、彼女の悟っていた黒姫の情報を把握した。

この瞬間、カグロ・コウの永遠にも似た地獄は開始された。

かくして、【百鬼夜行】二十六名は全滅した。

終焉ノ花嫁

12.君を取り戻すための戦い

夢を見ていた気がした。

それは直ぐ間近の、それでいて遠い記憶の夢だ。

自分が、大切な人が、仲間が死んでいく。

人間にはありえるはずのない記憶だった。


「コウ――起きてる？」

カグロ・コウは瞼を開く。

滲む視界に、人の顔が映った。

同時に、一筋の涙が、コウの頬を流れ落ちた。

「――……あれ、おかしいな」

首を傾げ、彼は己の目元に手を伸ばした。普段、コウは泣かない。それこそ記憶にある限り、どんな悲しいことがあろうとも涙を流した覚えがなかった。だが、今は止まらない。

理由のない涙に、コウは困惑した。そこで、幼さの残る少女が、彼の前で首を傾げた。

「あれ？　コウ、泣いているの？　なんで？」

「わからない……何か、悪い夢でも見たのかな？」

「珍しいね、コウが泣くなんて。一体、どんな夢だろう」

不思議そうに、少女は言う。短い茶色の髪によく似合う、大きな栗色の瞳が瞬いた。

彼女の全身を、コウは視界に映した。

朱色を基調とした制服姿で、少女は教科書と複数の研究書を胸に抱えている。

彼女のことを、コウは思い出した。

『同級生』のユウキ・アサギリだ。

何度も、コウは瞬きを繰り返した。

懐かしい、とても懐かしい姿だ。だが、何故、懐かしいのかはわからなかった。

首を傾げながら、コウは応えた。

「アサギリ、俺は……眠っていたのかな？」

アサギリは目を丸くした。それから柔らかく、彼女は口元に微笑みを浮かべた。

「もう、コウはぼうっとしているね。さっき自分で、『悪い夢でも見たのかな』って言ったでしょ？　それに、寝ていたかどうかなんて、自分でわかんない？」

「そうとも限らない、と思う。現に、俺にはわからないよ……うん、我ながら間抜けだ」

コウは首を横に捻った。奇妙な夢の名残りが、眼球に張りついているように感じられる。

再び、目を擦り、彼は辺りを見回した。広い一室だ。四方の窓は黒のカーテンで閉じられている。緋色の敷物の上には、中央に向けて椅子が並べられていた。

円形の巨大な階段状の講堂内に、コウはいる。

ふと、彼は視線を落とした。ノートには歪んだ字が残されている。

——歴史とは二つに大別可能である。

「これ、聴かされすぎて飽きたよね？　私、もう嫌になっちゃったな」

「確かに、暗記したことを何度も聞かされるのは面白いことではない、な……だから、」

コウは口を開いた。漸く、記憶が追いついてくる。

今までに経験した全て、『これから』経験するはずの全てが、頭の奥を流れた。

彼は自身の『巻き戻っている』現状を理解する。

【百鬼夜行】全滅の直前、彼は白姫の機能を使い、時を遡ったのだ。

そう、コウは認識する。自身の癖字をなぞり、彼は力強く囁いた。

「だから——『ここは、もういいかな』」

瞬間、カグロ・コウの視界はぐにゃりと歪んだ。

ブツンと、目の前が黒く染まる。

全ての風景が入れ替わっていく。

まるで、読み飽きた本のページを、早急に捲るかのような変化だった。

＊＊＊

機械翼を使用し、白姫は肉体ごと時間を遡った。だが、コウには同様の芸当は不可能だ。

彼には『精神だけを』、時間軸内の様々な地点へ移動させることが可能なようだった。

意識して、コウは目を閉じる。すると、目的の時間に立つ自分の中へ精神が乗り移った。

機械翼の魔導式が、僅かに再現されているらしい。『此処(ここ)』と決めなければ狙いはブレる。

その時、コウはランダムに飛ばされるようだった。

今も、またそうだ。

『コウ――起きてる？』

カグロ・コウは瞼(まぶた)を開く。

アサギリの呼びかけが、耳の奥で反響した。

視界は、一面の緑に包まれている。

【特殊型】に襲われる、直前の場面だ。

彼の前には、純度の高い魔導結晶で造られた『窓』が広がっていた。

蔓(つる)性の植物が、その向こう側で揺れている。だが、魔導甲冑(かっちゅう)に覆(おお)われた全身が、空気の流れを感じることはない。息苦しさを覚え、コウは瞼を擦(こす)ろうとした。だが、甲冑を装着した状態では、腕は顔に直接届かないことに気がつく。諦めて、彼は首を横に振った。

「いや、ここじゃないな……うん、本当に」

『コウ、どうしたの、コウ？』

「それじゃあ、――――また」

瞬間、カグロ・コウの視界はぐにゃりと歪んだ。

ブツンと、目の前が黒く染まる。

＊＊＊

カグロ・コウは瞼を開く。

まず、血が紫の瞳に流れ込んだ。紅く、視界は霞む。

目的の地点に飛べたのか、彼は目を細めて確かめた。

そうして、美しい、【ナニカ】に気がつく。

鳥籠を連想させる空間内に、白く、清い存在が立っていた。

蒼い目は空のようだ。白銀の髪は雪のようだった。

呆然と、コウは目の前のモノについて考える。

(──あぁ、やっと、もう一度)

美しい少女は手を伸ばす。応えて、コウも腕を動かした。彼の全身に激痛が走る。だが、手は何とか持ち上げられた。それでも尚、少女には遠い。

(──君に、俺は)

彼女は瞬きをした。全身に繋がれたケーブルを千切り、少女は歩き出す。彼の前に着くと、彼女はコウの掌を取った。その背中に、何かが広がる。周囲の植物が、切り払われた。

大量の花弁が散る。銀に近い白の花達が宙を舞い踊った。

一瞬空中で静止し、ソレはドッと地に降り落ちる。

どこか祝福めいた光景の中、彼女は片膝をついた。

そうして、少女はコウの指に口づけた。

「これより、私の主は貴方となり、私の翼は貴方のものとなる。初めまして、愛しき人よ。

そして待っていました、恋しき人よ——我が名は『白姫』。通称【カーテン・コール】」

物語の中の騎士のように、
御伽噺の中の姫のように、
目覚めた、少女は誓う。

「これより先、貴方が損なわれ、潰え、失われようとも、私は永遠に貴方と共にあります」

夢のような遠くで、彼にはこの光景を見た記憶があった。

時に幼い彼女と——悲しそうな彼女の——面影と共に、確かに覚えていた。

微かに、コウは目に涙を浮かべた。

少女の翼から蒼い光が降り、損傷を再生させていく。その温かさの中、コウは囁いた。

「俺は、ずっと、この時を待っていたんだよ」

「ええ、ならば、僥倖。これぞ運命ということでしょう」


白姫は微笑んだ。

かくして、カグロ・コウはもう一度始めた。

目の前の少女を、取り戻すための戦いを。

＊＊＊

コウの目的は単純明快だ。

白姫と黒姫を生き残らせ、【百鬼夜行】に【逢魔ヶ時】を越えさせる。

そのためには黒姫の魔力の暴走を抑える必要があった。だが、その瞬間に飛んでも今のところ手立てはない。何度も学生生活を繰り返し、期間内で方法を模索する必要があった。

だが、此処は地獄だと、コウは直ぐに気がついた。

また、自身が袋小路にいることも理解した。

コウが時を遡れるのは『精神』のみだ。記憶は継続される。【花嫁】との連携精度も無限に上げることができた。だが、幾ら戦闘経験値を積もうとも、変えられないものがある。

自身の肉体だ。

逆行の際、白姫は記憶だけでなく肉体にも力をつけた。その状態で何度繰り返そうとも、【逢魔ヶ時】からの完全生還は不可能だったのだ。だが、コウには同じことすらできない。

コウがどれだけ足掻こうが、最終戦の壁の突破は無理だった。

特に、【千年黒姫】と白姫を、同時に生き残らせる術はない。

【千年黒姫】を見捨てれば、あるいはその先があるのかもしれなかった。

しかし、それは何度も繰り返した白姫の想いと命を無下にすることに他ならない。変わり果てても、コウを守ろうとしてくれた【白姫】を、殺すことはどうしてもできなかった。

コウは可能な限り、自身の試みを継続する覚悟をした。

そうして、地獄は深度を増し始めた。

＊＊＊

「ほらほら、その程度なのかしら！【鬼級】に匹敵するのではないのかしら！」

高い声で、ツバキが囀った。踊るように、彼女は指を動かす。

【百鬼夜行】に迎えられて、直ぐの出来事だ。

コウの左右から、また岩壁が迫った。頭を下げて躱し、彼は二枚を激突させた。そのま、コウは反転。新たに宙に生まれた一枚を蹴った。反動で、彼は背後の一枚に剣を刺す。

その度、教室中に歓声と野次が湧いた。

連撃をコウは捌き続けている。

実は一度も、コウは『壁に視線を向けてはいなかった』。

どこからどう攻撃がくるのか、その全てを、今や、彼は暗記している。

壁の出現頻度と接近速度は増していく。だが、どうということもない。

上から迫る壁を蹴り、コウは回転した。足を広げ、体を平たく保ち、下方の壁を切断する。剣を上に戻し、彼は右に転がり、左を貫いた。一連の動きの間、思考は放棄している。

最大限に、コウは速度を上げた。次々と、彼は壁を捌いていく。

「あぁ、いいわ！　可愛らしくも、愛らしくもないけれど、決して悪くありません！　それでは本気で参りましょう！　この、カゲロウ・ツバキが潰します！　今、此処で！」

瞬間、コウは『全方向』を取り囲まれた。

彼を真ん中に、『崩壊した球体状』に壁面が浮かぶ。

瞬間、ガチッと、壁は噛み合った。

コウを中心に。

いつも通りだ。大事なのは、ここから【逢魔ヶ時】に至るまでに、あらゆる可能性の模索をしておくことだった。今自体はどうでもいい。ヒカミの声を聴きながら、彼は囁いた。

「白姫――――もう一枚だ。おいで」

「了解した、コウ――隷属を、助力を、貴方に。私の全ては貴方のモノだ」

瞬間、白姫の翼から羽根が一枚飛んだ。ソレは球体を外側から貫く。

コウは内側の刃を突き出した。内と外からの同時攻撃。中に込められた魔術は、炎と氷。

二つの猛烈な反発が起こった。球体は爆散する。

壁面は細かく割れた。一斉に、ソレは飛び散る。

降り落ちる直前の瓦礫に、コウは足裏を当てた。瞬間、彼は太腿に力を込めた。爆発的に、コウは跳躍する。瓦礫の隙間を、彼は直進した。そのままツバキへ向かって肉薄する。

彼女は翠の目を大きく見開いた。

コウは、白姫の羽根を突き出す。

「――――ッ！」

「――――あっ」

速度が早すぎた。カグラの掌が間に合わなかったのだ。

ツバキの首筋に紅い線が浮かぶ。瞬間、ソレは裂けた。

紅い血が大量に吹き出した。教室中が濡れていく。ツバキのあどけない顔が、硬直した。

翠の目は、見開かれたまま動かなくなる。

糸の切れた人形のように、彼女は床へ崩れ落ちた。

【少女の守護者】が絶望の呻きを漏らす。『彼』は震える手を、ツバキへと伸ばした。

コウは自身の血濡れた指を見る。目の前では、ツバキが物のように転がっていた。

悪戯っぽい微笑みは、もう浮かべられることはない。

彼のせいだ。

数々の悲鳴の中、コウは首を横に振った。

強く、彼は目を閉じる。

また、やり直しだ。

＊＊＊

ズンッと、コウは肩に衝撃を受けた。

目の前には【千年黒姫】の顔がある。

此処はどこか、一瞬、彼は混乱した。

「――――カッ、ハッ」

「コウッ！」

白姫が悲鳴のように叫ぶ。ミレイ達の声も遠くに響いた。だが、その詳細は上手く聞き取れない。コウの骨は砕けた。血管は破裂する。腕が捥げなかったのは奇跡に近いだろう。

【千年黒姫】の手で彼は壁にめり込まされていた。

泣きながら、『彼女』はコウを押し込み続ける。

「死ね……死んでしまえ。あぁ、それでいい。それでもう一度、もう一度」

【白姫】が駆け寄ろうとする。だが、彼女の動きは黒い翼に阻害された。コウを殺そうとしながら、【千年黒姫】は泣く。やはり『彼女』は子供のように悲しそうな顔をしていた。

殺意に対し、コウは恐怖を覚えなかった。ただ、彼は愛しさを込めて呼ぶ。

「――――君は、白姫だろう？」

コウはそう声をかけた。【千年黒姫】は目を見開く。『彼女』は細かく震え始めた。

なるべく優しく、刺激しないように、コウは続ける。

「もう、いい……もういいんだ。俺を守ろうとしなくてもいい。【キヘイ】の女王なんてやめて、君は、逃げてくれ、そうしたら、俺は……やっと、諦められるから、だから」

「違う！　違う！　私は！」

「もういい、もういいんだよ……白姫」

「違う、違う、私は、私はあああああああああああああぁああああっ！」

【千年黒姫】は錯乱を起こした。

その手の指が肩に喰（く）い込んでいく。どんどん、コウの傷からは血が溢（あふ）れ出（だ）した。

『彼女』は彼の首に手を伸ばす。もう、【千年黒姫】の目には何も映っていない。

混乱した『彼女』の頭には『やり直す』ことしかないようだ。

瞬間、ごきりと、コウは首を折られた。

＊＊＊

寸前、カグロ・コウは瞼（まぶた）を開く。

「コウ――――起きてる？」

滲（にじ）む視界に、人の顔が映った。幼さの残る少女が、彼のことを覗（のぞ）き込（こ）んでいる。短い茶色の髪によく似合う、大きな栗色（くりいろ）の瞳が瞬（まばた）いた。彼女の全身を、コウは視界に映す。

朱色を基調とした制服姿で、少女は教科書と複数の研究書を胸に抱えていた。

彼女のことを、コウは思い出す。

そうして、告げる。

「だから、ここはいらない」

＊＊＊

「貴方達を殺してしまうんだ！」

【千年黒姫】は叫んだ。コウは苦々しく、諦念を噛み締める。

今回は、中央本部の秘蔵資料の魔術を習得し、使用した。だが、無駄だ。

彼女の魔力の暴走は、抑えられなかった。

【千年黒姫】の全身を、膨大な魔力が侵す。瞬間、彼女の翼は増大した。それは世界樹のごとく、視界の全てに枝を張る。何もかもが覆われ、全てが浸食されていく。

黒が、
黒色が降る。
雪のように。雨のように。灰のように。
視界の全てを覆い尽くす。
その中で、コウは白姫の口づけを受ける。
涙を流しながら、彼は思う。

（――もう一度、
もう一度、
今度こそ。
何度でも。

かくして、
【百鬼夜行】、二十六名は全滅した。

＊＊＊

合成肉の分厚いパテを豪華に三枚。玉葱（たまねぎ）、木苺（きいちご）のソース、ピクルスをパンで挟み、ナイフで刺し、留（と）める。巨大で華麗な塔が完成した。最後に揚げた芋が添えられ、周囲を飾る。実に美味（うま）そうな一品だ。だが、最早（もはや）食べ慣れすぎて、泥細工のように感じられる。

コウは視線を泳がせた。場に、ミレイとツバキはいない。二人と仲良くなることに、コウは『今回』失敗していた。【百鬼夜行】の中で、彼は誰とも親しくなれてはいなかった。

それでも、ヒカミだけは心配そうに座っている。

「……えーっと、ヒカミ先輩、これは」

「君は、ずっと何かを悩んでいるようだ……本当は、どうしたのかを聞きたいのだがな。私が口を挟んでいいことではなさそうだ。ただ、せめて、食事はちゃんと摂った方がいい。ちなみに、全部、私が厨房を借りて作ったものだから安心して口にしてくれて大丈夫だ」

「えぇ、知っています。先輩、貴方はそういう人だ」

「……そうか、ならば、食べてくれ」

ヒカミはそう促す。コウは首を左右に振った。無言の時間が過ぎる。

静かに、木々が揺れた。やがて、コウはふっと問いかけを落とした。

「先輩は……戦闘科で、過去に何があったんですか？」

「う、ん？　私は君に元戦闘科所属だった話はしたかな？」

「すみません。噂で耳に挟みました……全滅寸前のところを、【斑の蛇】に助けられたと」

コウはそう誤魔化した。ヒカミは右目を細める。

包帯で隠した異形の左目に、彼はそっと触れた。今まで、ヒカミは語りたくないと言葉を濁した。だが、コウの様子に思うところがあったのだろう。緩やかに、彼は話し出した。

「アレは地獄だった。戦闘に長けた【特殊型】と遭遇してな……目の前で友人達が、慕ってくれていた後輩達が次々と切られたよ。よりにもよって、生きたまま『遊ばれた』んだ。親しい者達が耳を落とされ、顔を割られ、もう殺してくれと懇願する声を耳にしながら、……私はまだ生きている者を両腕で支え、鼓舞しながら、奔るしかなかった」

ぎゅっと、ヒカミは手を握り締めた。指の骨が白く浮かび上がる。

憤怒と憎悪に瞳を染めながら、彼は惨状の結末を語った。

「逃走先で遭遇した【斑の蛇】が私を【花婿】と認めてくれたおかげで、生き残れたのはたった三人だった……彼らに会わせる顔はない」

「そんなことは」

「いいや、事実だ……あの惨劇の日に戻れるのならば、私はどんなことでもしよう。だが、その術はない。死んだ者は取り返せず、何もかもが手から滑り落ちたままだ」

ヒカミはそう言葉を切った。彼は静かにコウを見る。

しばらく悩んだ後、ヒカミは口を開いた。

「……君は、あの頃の私に似た目をしている。だから、気になるんだ」

「戻れる術があるのならば、戻る……俺も、そう思います」

「君も、私と似た経験をしたのか？」

「はい、たくさんの仲間と……大切な人が死にました」

コウはそう告げた。自然と、目の奥に涙が溜まり、零れ落ちそうになる。

その内の一人に、ヒカミもいるのだ。だが、彼が事実を知るはずもない。

ただ、ヒカミは皿を差し出した。

「そうか。私の言えた話ではないが、あまり思い悩まないで欲しい。よければ食べてくれ」

再度、コウは首を横に振った。穏やかな時間は大切だ。そう、彼は知っている。

もう、随分と、大事なものを取り零してきた気がした。それでも、コウは言う。

「ありがとうございます、先輩。お気持ちだけ、頂いておきます」

そうして、コウは目を閉じる。

戻るべき時間に、戻るために。

ヒカミの声を断ち切るように。

＊＊＊

「頑張って」

【逢魔ヶ時(おうまがとき)】の始まりの時。

カグラの言葉を背に、コウは魔導壁を蹴った。

白姫(しらひめ)と共に、彼は地獄の中へと身を躍らせる。

瞬く間に、【百鬼夜行】は魔導壁の射程範囲外に離脱した。

【幻級】が先頭に立つ。彼らは、群がる雑魚の【キヘイ】を切り払った。だが、予想通り、

【キヘイ】の多くは眼前の敵よりも、学園にいる人間の集団の方を目指した。

自分達(たち)に反応しない者の多くを、【幻級】は見逃す選択をした。

『彼ら』の殲滅(せんめつ)は、魔導壁とカグラでこなせるだろう。

【百鬼夜行】の目的は別にあった。

『到達させてはならない存在の殺害、足止め』だ。

そうして、コウの目的は更にその先にある。

既に学園内外で手に入る極秘資料は漁り終えていた。そのせいで射殺されたことも多い。

だが、未だ【千年黒姫】を止める算段は見つかってはいなかった。それでも、少ない可能性に賭けて、コウは駆けた。辺りを異形に包まれた地獄を奔り、彼らは第一陣を突破する。

やがて、彼らは第二陣の前に躍り出た。

場所は、判別している遺跡全体と、学園までの、中間に位置するポイントだ。

そこに、多くの【キヘイ】が群れていた。『深層』から現れた、【甲型】、【特殊型】、【完全人型】だ。その総数は既に百を下らない。後から加わる者も入れれば千を超えるだろう。

一瞬にして、コウは悟った。

この全てを切り伏せるのは、彼には造作もないことだ。

全員がどのような動きをするか、どこから来るのかも把握していた。だが、【千年黒姫】は越えられない。彼女の魔力の暴走を抑える方法だけはどうしてもわからないままだ。

流れるように戦いながら、コウは悩む。

いかにして、黒姫と白姫を生かしたまま、この地を越えるのか。

そこで、コウはササノエに声をかけられた。鬼気迫る様子で、彼は口にする。

「おい、貴様は、なんだ。何者だ……【逢魔ヶ時】は初めてではないな。一体、貴様は」

「すみません、先輩」

穏やかに、コウは声をあげる。

瞬間、ササノエの腹が裂けた。

後ろにいた【特殊型】の【キヘイ】の不意打ちにあったのだ。鮮やかな内臓が落下する。

【紅姫】が悲鳴をあげた。『彼女』はササノエに駆け寄る。伸ばされた手が血に染まった。

この流れも二十六回目だ。面倒くさそうに、コウは言う。

「そこにいると、腹を裂かれますよ……あぁ、もう遅いか」

コウは顔をあげる。そこで、彼は思わず動きを止めた。

ヒカミが、ミレイが、ツバキが、ヤグルマが、彼に化け物でも見るような眼差しを投げている。慌てて、コウは白姫に縋るような視線を向けた。彼女も、蒼の目を凍らせている。

そこで、漸く、コウは久しぶりに、
己が大事なものを失っていることに気がついた。

＊＊＊

「俺は、白姫が好きだよ」

気がつけば、コウはそこにいた。

彼の口からは、言葉が零れ落ちた後だ。

真っ直ぐで衒いのない、ありのままを教える、告白だった。

白姫は瞬きをする。彼女は何かを言おうとした。だが、その手を取り、コウは続けた。

「初めから、君は俺に運命を感じていてくれたようだ。でも、俺の方はそうじゃなかった……最初は、ただ戸惑っていたんだ。でも、かつて、俺は君が好きで、今の俺も、確かに好きだ……好きなはずなんだ……そのはずなんだ」

「……コウ、貴方は」

「君のどこか幼い表情が好きだし、隣で笑う姿が好きだよ。サラサラで白い髪も、柔らかくて細い指も好きだ。その機械翼だって好きだよ。皆と遊んでいる様が好きだし、俺を守ってくれる姿も、本当に嬉しいし、かっこいいし、やっぱり大好きだなって思う……君が考えている以上に、俺は君のことをきっとずっとたくさん好きなんだ。好きだったんだ」

泣きながら、コウは告げた。それは紛れもない本心だった。

それに、彼は縛られていた。

ずっと、ずっと、縛られ続けてきた。

白姫は、彼のためだけの誰かだった。

大切な【花嫁】だ。

そして、何よりも、一人の素敵な女の子だった。

彼が救わなければならない、人だった。

「だから、白姫、俺はどうしたらいいんだ？　何度繰り返しても同じなんだ。出口が見えないんだ。白姫、俺は君のことが好きで、そのことだけは失いたくないんだ。でも、全てが消えていくように感じられる。なぁ、教えてよ。教えてくれよ、白姫、どうしたら」

どうしたら、君を救えるんだッ！


頭を抱え、コウは叫んだ。白姫は戸惑ったようだ。いっそ、自分のことを心から嫌いになって欲しいと、コウは願った。祈るように激しく、彼は白姫との離別を望む。

しかし、白姫は逃げなかった。その場に屈み、彼女は恐る恐る両腕を伸ばす。

白姫は強く、コウを抱き締めた。

親鳥が雛にするように、
あるいは恋人が恋人にするように。

妻が夫にするように。

そうして、彼女は優しく囁いた。

「貴方を苦しめているものが何なのか、私にはわかりません。ただ、私は誓いましょう」

ぎゅっと、白姫はコウの手を取った。いつかのお返しのように、彼女は彼の指に口づける。周囲の、銀に近い白の花達が静かに揺れた。祝福めいた光景の中、白姫は真剣に誓う。

「これより先、私は永遠に貴方と共にあります。拘束を、隷属を、信頼を、貴方に――

約束しよう、コウ。貴方のために迫りくる死の、全てを殺すと」

コウは笑う。泣きながら、笑う。何度繰り返しても同じだった。白姫は、彼のためだけにある。それはあまりにも辛く、あまりに無惨で、あまりにも悲しく、嬉しい事実だった。

強く、強く、二人は抱き合う。

こうして、彼らは約束をした。

約束を、してしまった。

まるで、本物の花嫁と花婿のように。

互いを真っ直ぐに愛していたが故に。

＊＊＊

「コウ」

不意に、白姫は踵を浮かせた。

彼女は、コウに口づけた。

血の味と僅かな体温が広がる。
最初で最後のキスが、また終わった。
白姫は微笑んだ。どこまでも優しく、彼女は告げる。
「これは呪いですよ、コウ……どうか、……貴方は生きて……くれますように」
白姫は瞼を閉じた。彼女の全身からすっと力が抜ける。
同時に、世界から音が失われた。
白姫の呼吸が、生体部品の動く音が、聞こえない。
カグロ・コウは知っている。これが、死だ。
そして、呪いだった。
初めてで、終わりの口づけと、
共に託された願いを、裏切ることなどできなかった。
こうして、彼はここまで来た。
ぎゅっと、どこか幼く、カグロ・コウは白姫の亡骸を抱き締める。
そうして、彼は泣きながら呟いた。
「————なぁ、もう、いいかな————もう、許して、くれるかな、白姫」

＊＊＊

そうして、一万四千九百九十九回目の試みが終わった。
もう、諦めようとコウは思う。
もう、これでいいだろうと。
カグロ・コウは目を閉じ、開く。
気がつけば、彼は、
純白の部屋の中にいた。

終焉ノ花嫁

13. 運命の時

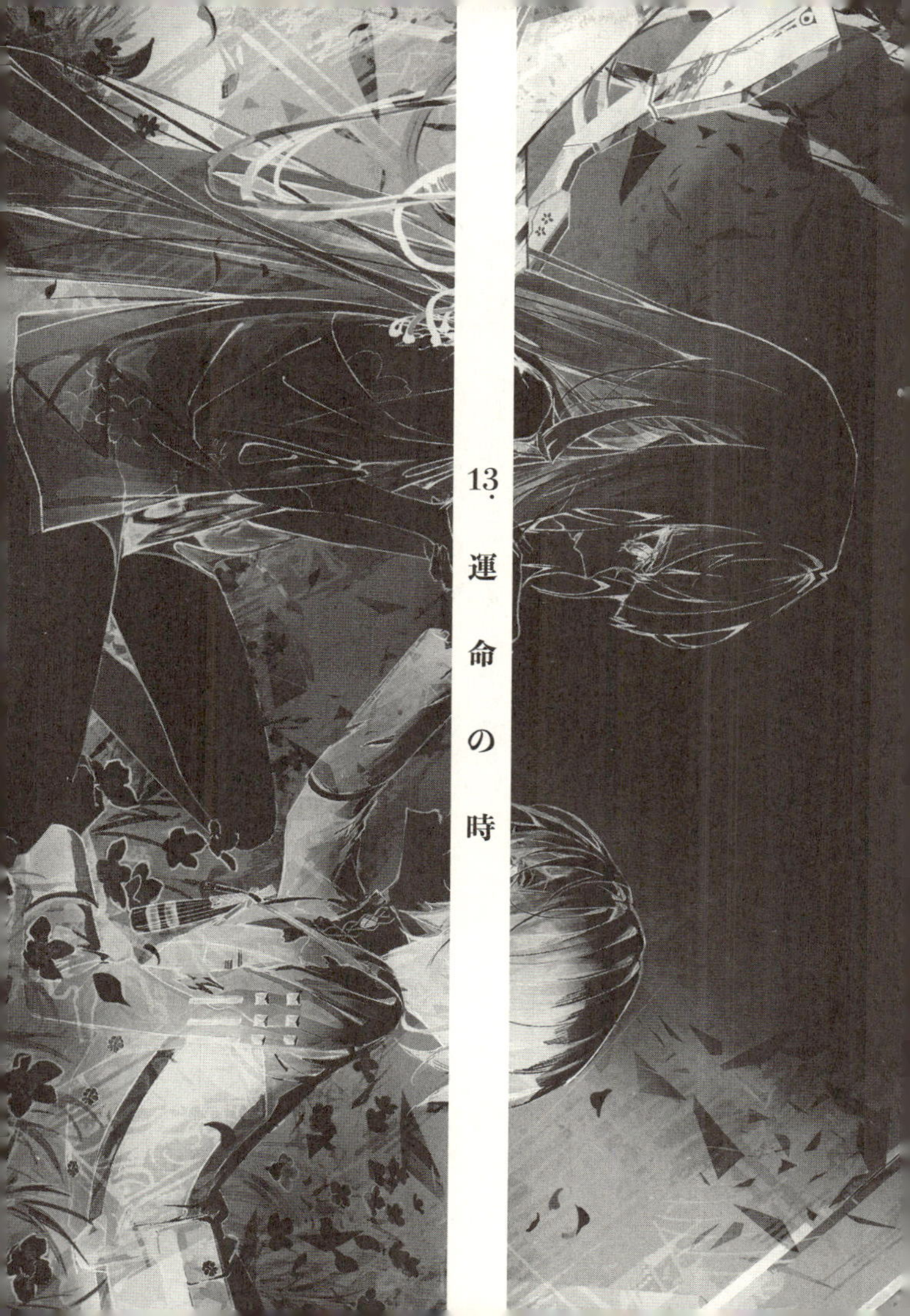

「さて、起きているかな？」

カグロ・コウは瞼を開く。

何度か、彼は瞬きを繰り返した。

視界は、一面の白で覆われている。

気がつけば、コウは純白の部屋の中にいた。壁には扉どころか一切の継ぎ目がない。コウがどこから入れられたのかも不明だ。また、壁は定期的に蒼く明滅している。よく見れば光はコウの鼓動と同期しているらしい。現在の魔導技術で造り出せる代物ではなかった。

だが、先史時代の遺物とも違った。

この空間は狭い。だが、どこまでも先へ広がってもいる。

その『中心』に、カグラが立っていた。

パタパタとコートの裾を遊ばせて、彼は飄々と言う。

「いつかに聞いたはずなんだけどなー、僕達と共に来て『永遠にも似た地獄を見る』かって……君は頷いたでしょ？　なら、この程度でへばられちゃ困るんだよ」

「貴方は、一体、何を言ってるんだ……此処は……」

どこかと聞こうとして、コウは言葉を呑み込んだ。

此処の正体が、彼にはわかる気がした。同時に、コウは今まで微かに覚えてきた多くの違和感に気がついた。これまで無意味に存在していたパーツが、急速に組み上がっていく。

　彼はあることを思い出した。

『よし――、【次】は忘れない』

『君には記憶がある？　ちゃんと、覚えているのかな？』

『自覚はないパターンか』

　改めて、コウは彼の外見を見上げる。

　カグラの言葉には、『他』があるかのような物言いが多かった。

　カグラは、白髪に蒼と黒の目を持っていた。自然には発生し難い色合いだろう。その顔立ちは、どこかで見た覚えがあった。同時に、今まで知り合った誰とも似ていない。

　その外見が誰に近いのか、コウは漸く理解した。

　彼の髪と右目は、白姫の色。

　左目は、【千年黒姫】の色だ。

　そして、白姫と黒姫の相似に気づいた時と同じだった。

　彼の顔は、胡散臭い表情と色の違いを完全に取り除けば、カグロ・コウとよく似ていた。

　カグラの言葉をコウは衝動的に思い返す。

『僕は己の【花嫁】を失った――正確に言えば、食べてしまったからね』

『二人ね、食べたよ』

　カグラが力を使う時、周囲には大量の黒の羽根が舞った。

　彼が大きく活躍すると『世界の位相がズレ』た。

全ての理由に、コウは漸く思い至る。

「アンタは……まさか」

「そう、僕は方法に悩んだ末に、白姫だけでなく、【千年黒姫】も喰らい、その力も手に入れた『お前』だよ。カグロ・コウ——それでも失敗を繰り返した挙句、己のいた世界線からも遂には追い出される羽目になった」

冷たく、カグラは真実を告げた。コウは愕然とする。

目の前にいるのは、全てを失った、彼自身に他ならなかった。

カグラ——もう一人のコウは、コウの前に進み出た。

いつかと同じ、蟲の死骸を見るような目をして、何もかもをなくした男は言う。

「もういい。そう、君は思ったよね？　だから、君はここに来た。どの時間でもない、収監部屋を参考にした、自分だけの精神の空間にね。ここには、『君』しか逃げ込めない」

カグラはそう両腕を広げた。あぁと、コウは頷く。時間から切り離された純白の空間は、逃避には最適だ。だが、此処には出現できる存在が、彼の他にもう一人いた。

「だから、『僕』が言わせてもらおう——君はまだ何も為せていない。君は僕になるつもりなのか？　ただふらふらと、時間を彷徨いながら、死人のように生きるつもりなのか？」

「しかし、俺は……俺はもう、疲れました。疲れた……本当に、疲れたんです」

「何も救えていないくせに、ふざけるな。お前が何をした？　何をできたって言うんだよ」

諦めるのならば全て無意味だと、カグラはコウに冷たく告げる。その時、カグラの顔には確かな激情が宿った。彼は明確な怒りを示す。一瞬、コウは彼に殺されるのかと思った。

自分自身に殺害されるとは滑稽な結末だ。だが、それも悪くはないだろう。

コウが、そう薄く笑った時だった。

不意に、カグラは表情を緩めた。

どこか優しく、いつかのように、彼は続ける。

「殺さないってばー！　自分の生徒を殺す鬼畜非道がどこにいるっていうのさーっ！」

その時、カグラは――カグロ・コウの顔をしていなかった。

彼は、自分の最後に選んだ道である、教師としての表情を浮かべる。

茫然と、コウは問いかけた。

「……………生、徒？」

「そう、君は僕の生徒だ。僕の大切な【百鬼夜行】の一員だよ。本当は殴りたいところだけれどね。先生は、いつだって生徒の味方だ。味方じゃなくちゃならない」

一転して、カグラは穏やかに語り始めた。まるで懺悔のように、彼は言葉を紡ぐ。

「僕にはもう何も為せない。だから、せめて、流れ着いた先で教師になる道を選んだ――僕の愛した【百鬼夜行】に、少しでも可能性の種を与えたかった。勿論、君にもね」

教師として、【百鬼夜行】を思う者として、カグラは語る。

内緒だよと言うように、彼は顔の前に人さし指を立てた。

「今もまた、僕は君にヒントを落とそう――僕だけが知る、機密情報をね」

真剣に、カグラはコウを見た。

まるで、一筋の光を与えようとするように、彼は囁く。

「君は遡ってない場所が一つあるはずだ。自分の人生のうちにね。そこにはきっと答えがある。僕はもう戻れない場所だ……けれども、君ならば行ける。だが、ソレを直視することは、君には辛いかもしれない。上手くいくかもわからない。だからね、選んでいいよ」

カグラは両手を広げる。全身に黒の羽根を纏いながら、彼は謡うように言葉を紡いだ。

コウに、カグラは真剣に問いかける。

「選んで欲しいんだ。僕は少しだけ力を貸してあげよう。君だけで、【逢魔ヶ時】から逃げ出すんだ。正確には、【逢魔ヶ時】の発生前まで戻ればいい。僕が力を貸して、君一人をあの地獄に向かわなくてもいいよう、脱走者の責も負わなくていいように逃がしてあげよう。他の子は直ぐ死んでしまうけど、その力を使えるのならば、『外』でも生きていけるはずだ。辛いのならばそうすればいい。どうせ、引き籠っていたって誰も救えないんだから、同じだろ？　この先、おぞましいことはずっと続くかもしれないんだ。それとも」

コウを目に映し、カグラは笑った。その表情に、コウは愕然とした。迷いなく、彼は事実だけを告げている。本当に、カグラにはコウだけならば逃がすこともできるのだろう。

彼は頷いた。何故か、カグラはひどくつまらなそうな様子で続ける。

「それとも、僕の言う道を選んで、永遠にも似た地獄を見るか」

平然と、カグラはソレをコウに突きつける。

乾いた眼差しを、彼は投げかけられた。

コウは手を握り締める。今までの繰り返しが、味わってきた絶望の数々が蘇った。

それでも、コウは顔をあげた。迷いを振り切り、彼は応える。


「――勿論、戻ります。方法がある限り」


彼の答えに、カグラは本当に、心の底から楽しそうに笑った。

空中で、カグラは意味もなく指を振る。いつの間にか、壁には扉が一つ現れていた。

朗々と、彼は声を響かせる。

「僕は、この世界線からは拒絶された存在だ。もう時を移動する力はない。あの扉は君が生んだんだ。行きなさい。くれぐれも、後悔のないように」

コウはカグラに深々と礼をした。顔を跳ね上げ、彼は未練を振り切って、奔り出す。

そして遠い昔の、誇りのあった、あの瞬間のように、
どこか幼く、カグラはコウの背中に告げた。


「頑張って」

まるで、そう口にすることが精一杯であるかのように。

もう届かない、憧れの何かを見るかのように。

＊＊＊

カグロ・コウは目を開く。

そうして、彼は、
自身の血肉が、何故特別だったのか。

己が何故、白姫の機能の一部を使えるようになったのか。

全ての理由を知った。

（――――あぁ）

現在のカグロ・コウの肉体年齢は五歳だ。

彼は金属製の椅子に縛りつけられている。

その周りには、大量のケーブルが奔っていた。

周囲を、白衣を着た二人の男女が忙しなく歩いている。

コウの父親と母親だ。

幼少時のコウの記憶は、綺麗に抜け落ちていた。思い出そうとする度、彼は激しい頭痛に襲われた。忌まわしい事件のせいで、自身の無意識が、記憶を辿ることを拒絶している。

そう考え、コウは両親との思い出を取り戻すことを諦めた。

ソレは全て、自分を騙すための嘘だったのだ。

単に、彼は記憶に固く蓋をしていた。

あまりに『悲惨な境遇』すぎて、その部分を取り外した。

彼の親は【キヘイ】との『共存派』だった。『共存派』の最たる信念は、【キヘイ】との和解だ。そのために、彼らは帝都の機関ですら、ロクに扱わなかった資料に手をつけた。

カグラは言っていた。『七体目について上の上の者は幾つか記録を保持している。「物騒な妄言」以外、真に詳細な情報は解除キーを設定の上ロックされていてわからない』と。

その全てに、彼らは真剣に向き合ったのだ。

終末思想に取り憑かれた、先史時代の妄言としか思えない資料。

【全ての戦争を終わらせる神】についての記述に。

両親は可能な限り、【姫】シリーズの七体目を分析。

未発動だったという機能に成功の可能性があったと信じた。その上で【キヘイ】の生体部品を使い、己の子供に改造を施した。極秘入手した、他の【姫】シリーズについての情報も参考に、【七体目】の補助装置となるよう、肉体を極限まで弄り、多大な変化をさせた。

要は、既に、コウは人間ではなかったのだ。

コウは【キヘイ】の補助部品。

【七体目】の補助パーツの一部として『開発』された存在だった。

故に初期、彼には情動が薄かった。

血液も内臓も外観こそ人に近いが、半分以上の成分が生体部品に置き換えられている。

だからこそ、コウは白姫(しらひめ)の覚醒に本来の役割を果たしたのだ。

未完成だった、彼女を目覚めさせた。

最終的には、全血肉を与え、時を遡る魔導式を発動させた。

(——しかし、両親の信念は皮肉な勘違いにすぎない)

【カーテン・コール】は長い戦闘状態を終わらせるための神ではない。全ての殲滅(せんめつ)兵器だ。

帝都の者に研究は見つかり、実験の残虐性も考慮して、両親は射殺された。コウは人体実験の被害に遭っていた子供として保護された。最終的には学園に送られることで命を繋(つな)いだ。

おぞましい数々の実験の記憶が、コウの脳裏に蘇(よみがえ)った。彼は一筋の涙を流す。

だが、同時に、コウは自然と好機を悟った。

自身の肉体を『造り変える』には今しかない。

そのために必要な情報の鍵を、彼は既に手にしていた。

必死に、コウは指を伸ばした。幸運にも、彼は傍(そば)に落ちていたペンを取る。

手の届く机に、コウはある情報を書き加えた。

何度も学生生活を繰り返した果てに、彼は先史時代の文字を読めるようになっていた。

鳥籠時点での、白姫の行動についても暗記している。並び替えの法則も理解していた。

『これは私に関する情報の解除キー、のはずです……残された記録があれば、これで……』

ソレに従い、彼はあの時、白姫が打ち込んだ解除キーを再現し、書き加えた。

これで、両親は七体目の情報の真の詳細を開くことができるようになるはずだ。

やがて、それを目にして、研究者の父は大きな反応を示した。

先史時代の文字とはいえ、五歳児が書き加えたものだ。無視される可能性もあった。その場合、コウは成長を待って、両親が射殺される前に改めて情報を伝え直すつもりだった。

夫婦二人は話し合い、コウに新たな実験を行うことを決めた。

両親は七番目の【殲滅兵器】としての危険性を知ったのだ。和平を掲げる者達にとっては恐るべき脅威だろう。同時に、時を自由とする能力は平和の実現のためには魅力的だ。

故に、両親はコウのパーツとしての性能を維持したまま、七体目が暴走した時に、抑えるための機能を求め始めた。これで、彼らはコウに更なる開発を加えるに違いなかった。

七体目の暴走時、魔力を抑える補助装置として、コウの『肉体を変えてくれる』。

こうして、カグロ・コウは一万五千回の繰り返しの果てに、
遂には、己自身すらも造り変えさせた。

かくして、運命の時へ、彼は巻き戻る。

＊＊＊

静かに、コウは【千年黒姫(せんねんくろひめ)】を見た。

場所は、あの運命の日。

【逢魔ヶ時(おうまがとき)】の最終局面だ。

雪のような白肌しか、面影は残っていない。だが、繋(つな)がっているせいで、彼にはわかった。確かに、彼女も白姫(しらひめ)だ。大切な人が自分を壊して、絶望しながら、進んだ姿だった。

『現在の』白姫はただ困惑した顔をしている。視線で、コウは彼女にヒカミの治療へと向かうように促した。続けて、彼は【千年黒姫】と向き直った。優しく、彼は語りかける。

「やっと、ここまで来れた……ようやく、来れたよ、白姫」

「坊……いや、コウ……駄目だ、駄目なのだ……余は、いや、私は……気づかれてはならなかった。私は【千年黒姫】でなければならない。ここで、殺されなければならないのだ。そうしなければ、運命は変わらない……それに、私は」

よろりと、黒姫は後ろに下がった。彼女は変質した魔力の混ざった、漆黒の涙を流す。泣きながら、黒姫は己の顔を覆(おお)った。首を左右に振り、彼女は必死に訴える。

「……【逢魔ヶ時】は、【キヘイ】の王、女王に魔力が集まり、暴走することで起きる。私は貴方(あなた)に討たれるため、それに成り代わり、今まで内部魔力は暴走状態でも、正気を保ってきた……だが、長時間持つ器は到底、完成、できなかった。あと少しで……私は、」

「大丈夫だよ、白姫。大丈夫だから」

「貴方達(たち)を殺してしまうんだ！」

【千年黒姫】は叫んだ。その全身を、膨大な魔力が侵す。瞬間、彼女の翼は増大した。それは世界樹のごとく、視界の全てに枝を張る。絶望そのものが、育った。

何もかもが覆われて、全てのものが浸食されていく。

黒が、漆黒が、闇が、暗黒があらゆるものを貫こうとする。

その直前、コウは伸びる枝を掴(つか)んだ。掌(てのひら)が血を噴く。だが、彼は気にはしなかった。

コウは死そのものである、黒姫の翼の中へ潜り始めた。

「コウ、何を？」

「止(や)めたまえ、君が死ぬことはない！」

「戻ってきなさい、コウ！」

「何をしているのですか、この馬鹿！」

「己を大事にすることは常識だと言っただろう！」

「――愚か者が！」

背後から白姫の、ヒカミのミレイのツバキのヤグルマの、ササノエの声が聞こえた。

それが何よりも嬉(うれ)しい。

怖くはなかった。恐ろしくはなかった。悲しくもなかった。

ただ、自分は何かを為(な)せるのだろうかと思った。

背後で、白姫の悲鳴が聞こえる。ミレイが、ヒカミが、ツバキが、ヤグルマが、ササノエまでもが、続けて何かを言っている。その全てを聞きながら、コウは強く、強く思った。

（――あいしているよ）

今まで失ってきた全てを、

蔑ろにしてしまった全てを、

カグロ・コウは確かに愛していた。

そして、【千年黒姫】の中を流れる魔力に、コウは手を伸ばした。

指先が一部爆ぜる。だが、彼はそれも無視した。激痛の中、コウは己の補助装置としての機能を、最大限に稼働させた。造り直された今、彼にはそのための性能が備わっている。

だが、やれるかはわからない。もう一つの懸念は、これが『世界の多大な改変』に当たらないかだ。しかし、今回の行動自体は別の人間が施した機能をただ使うだけだった。

『世界の位相がズレ』ないことを、信じるしかない。

破壊覚悟で、コウは己の限界を超える。

そして、コウは女王に流れる魔力の半分を完全に受け止めた。

彼は、ソレを己の中へ引き受ける。

魔力を、補助装置は保存しきった。

「――――これで、終わりだ」


後には、ふっと静寂が戻った。視界が、復活する。

目の前には、黒姫の顔があった。

嘘のように、女王の暴走は収まっている。翼は収縮し、黒は羽根の形を取り戻した。

黒姫は呆然と、コウを見た。


その澄んだ目が、彼を映す。

やっと此処まで来れた。

涙を流しながら、コウはその手を取った。彼女の指先に口づけて、コウは誓う。

「もう一度言うよ。信頼を、愛情を、運命を、君に。約束しよう、君のために君を守ると」

そうしてカグロ・コウは、
二人の白姫に、微笑んだ。
「約束は、果たしたよ。白姫」

女王の暴走は収まる。周囲の【キヘイ】は人間への破壊衝動こそ持ったままだが強烈な殺意を失った。空気が変わる。世界を満たしていた、歪んだ時間は無音のままに変化した。

【逢魔ヶ時】の、一斉侵攻は、この瞬間、確かに終了した。

慌ててヒカミの治療を終え、白姫は立ち上がった。彼女はコウに駆け寄ってくる。

「――――コウッ！」

「おいで、白姫！」

とんっと、白姫は地を蹴った。その体を、コウは真正面から抱き締める。

機械翼が揺れた。

今までの繰り返しで一度も気がつかなかった。だが、この場にも花が咲いていた。

植物が切り払われる。多数の花が降った。

ゴーンと、時計が鳴る。

Ding-Dongと、時計が鳴る。

ぼぉんぼぉんと、時計が鳴る。

カグロ・コウは愛しい人を抱き締めながら知る。

始まった時は、終わるのだ。

いつか、必ず。


「い、一体、何が起きたのかね？」

「わかりません……ただ、何かが変わったことだけは理解ができますっ！」

「コウ？　お前が何かしたのですか、この馬鹿！」

「まさか、【逢魔ヶ時】を、僕達は生き残れた、のかな？」

「……戦闘は終了か？」

ヒカミが、ミレイが、ツバキが、ヤグルマが、ササノエが立ち上がった。

一斉に、彼らは黒姫と白姫、コウに駆け寄る。遅れて、次々と歓声があがった。

こうして、【百鬼夜行】とカグロ・コウは、
一万五千回の試みの果てに、初めて【逢魔ヶ時】生還を遂げたのだった。

エピローグ

こうして、【逢魔ヶ時】は終結した。

学徒の被害は、戦闘科が二割、一般生徒が一割以下。

【百鬼夜行】は蜂級一名、花級二名。

死者は還らない。だが、今までで、最少の犠牲と言える。

その結果と共に、カグロ・コウ達は学び舎へと帰還した。


「やぁ、お帰り。報告はいらないよ」

コウ達が教室へ戻ると、カグラはそう言って手を挙げた。

じっと、コウは彼の胡散臭い姿を見つめる。

教卓の上に座ったまま、何事もなかったかのように、カグラは足を振っていた。

やがて、コウはもう一度、カグラに深々と礼をした。

共にやってきた、ツバキが背後で飛び跳ねた。彼女は唇を尖らせて言う。

「なんですか。コウはカグラに弱みを握られでもしたのですか」

「……ある意味、そうかもしれませんね」

「弱みなんてひどいなー、ある意味、僕以上の味方はいないっていうのにさー」

そう嘯き、カグラはコートの裾をパタパタさせた。ヒカミとミレイとヤグルマが、一斉に顔を見合わせる。彼らが口を開く前に、ササノエが一言だけを告げた。

「胡散臭い」

「君にも言われたくないなぁ。たまには鴉の面を外すといいよ。もう、皆、仲間だろ？」

とんとんと、己の顔を叩き、カグラは言った。ササノエは肩を竦める。

ひらりと、カグラは教卓を飛び降りた。そのまま、彼は辺りを見回す。

【百鬼夜行】の面々は傷だらけだ。全員は帰れなかった。数名は死亡している。

纏う空気を、カグラは切り替えた。両手を叩き、彼は全員に言う。

「本格的な治療が必要な者は、治療科に移動を――皆お疲れ様。よく生き残ったね」

「勿論」

「当然」

「我ら【百鬼夜行】なれば」

「正直、最後に何が起きたのかはよくわかってないんだけどね」

次々と、声があがる。それぞれに、皆が動き始めた。ミレイがヒカミを念のため、治療科へと連れて行く。疲れ切ったのか、ツバキは【少女の守護者】の肩の上で眠り始めた。

ヤグルマも机に突っ伏す。ササノエは【百鬼夜行】の他の面々の様子の確認に向かった。

そこで、カグラはコウに近寄って来た。声を殺して、彼は囁く。

「【千年黒姫】はどうしたの？」

「彼女は俺の新たな【花嫁】になりました……ですが、学園に急に連れてくるわけにもいかないので……今は別れて、遺跡の方に」

「そうか……君にも時を移動する力は残されている。もう、カグロ・コウとその【花嫁】達には敵などいないと言えるだろう。ただ、一つだけ——残念なお知らせがあります」

そこで、カグラはひらりと掌を動かした。

顔の前に、彼は人さし指を立てる。機密情報を教えるように、カグラは声を殺した。

「僕はあの白い部屋で言ったよね。【この先、おぞましいことはずっと続くかもしれない】って……そのことについて、だよ」

不意に、カグラは鋭く目を細めた。彼は虚空を睨む。

見えない何かに挑むように、カグラはコウに告げた。

「【逢魔ヶ時】の発生条件についてだ」

本来、【百鬼夜行】は全滅に至る、恐るべき【キヘイ】の暴走。

それについて、カグラは不吉な予言を落とした。

「もしかして、人の手によって引き起こされているものなのかもしれない」

それは新たな戦いと、

敵の存在について、告げる言葉だった。

あとがき

小説をずっと書き続けてきたら、気がつけば十年が経っていました。

そして、十周年目に新たなシリーズを世に送り出すこととなりました。

今の自分に書ける全てを、この『終焉ノ花嫁』には詰め込んだつもりです。


少しでも、お楽しみ頂けたのでしたら幸いです。


遅くなりましたが、初めましての方は初めまして、綾里けいしと申します。

今回は綾里初の学園もの、かつ未知の要素が多いということもあり、書き始めには不安もありました。ですが、いざ書き出してみると、物凄く、早く筆が進んだことを覚えています。コウ達を始めとした、【百鬼夜行】の面々を動かすことは、とても面白かったです。

愉しい時間と、血と戦いに彩られた魔導学園――【花婿】と【花嫁】達の絆を、少しでも気に入って頂けたのならとても嬉しく思います。


できれば、この続きも、お読み頂ければこれ以上の喜びはありません。

何卒、何卒、よろしくお願い申し上げます。

さて、自著では恒例のお礼コーナーを失礼します。
大量のキャラデザや素晴らしいイラスト、販促の漫画の数々などもお描き頂きました、村(むら)カルキ先生。キャラに命を吹き込んで下さり、感謝の申し上げようもございません。多くのご迷惑をおかけしました担当のＩ様とＯ様。大切な家族、特に姉に、精一杯の感謝を。デザイナー様や、出版に携わって下さった全ての方々。本当に、ありがとうございました。

何よりも、読者の皆様に深くお礼を申し上げます。
【百鬼夜行】とコウの第一の戦いを見届けて下さり、本当にありがとうございました。

さて、【逢魔ヶ時(おうまがとき)】からは生還が叶(かな)いました。
ですが、ここより新たな戦いが始まります。
なんと、二巻が九月二十五日に発売予定です。既に、話は書ききってあります。コウと白姫(しらひめ)、【百鬼夜行】の面々はどうなるのか。引き続き、見守って頂ければ嬉(うれ)しく思います。

では、どうか、また、お目にかかれますように。

綾里(あやさと)けいし

「――――――――ずる、い」

「私は、ひとりだ。ずっと、ひとり、

で、で、でつでつででDe、

ひとり、でっ！」

終焉ノ花嫁 ―― 第2巻

2020年9月25日発売予定！

MF文庫J

終焉ノ花嫁

2020年7月25日　初版発行

著者　綾里けいし

発行者　三坂泰二

発行　株式会社 KADOKAWA
〒102-8177 東京都千代田区富士見2-13-3
0570-002-001（ナビダイヤル）

印刷　株式会社廣済堂

製本　株式会社廣済堂

Printed in Japan　ISBN 978-4-04-064800-2 C0193

【ファンレター、作品のご感想をお待ちしています】
〒102-0071 東京都千代田区富士見2-13-12
株式会社KADOKAWA　MF文庫J編集部気付「綾里けいし先生」係「村カルキ先生」係